ハーレクイン文庫

ノルウェーに咲いた恋

ベティ・ニールズ

片山真紀 訳

HARLEQUIN
BUNKO

HEAVEN AROUND THE CORNER

by Betty Neels

Published by Harlequin Japan, a Division of K.K. HarperCollins Japan, 2025

ノルウェーに咲いた恋

◆主要登場人物

ルイーザ・エヴァンズ……………付添看護師。
ミセス・エヴァンズ……………ルイーザの継母。
クラウディア・サヴェージ……ルイーザが付き添う患者。
サイモン・サヴェージ…………クラウディアの義兄。建築技師。
ラース・ヘルゲセン……………銀行員。

1

九月の朝の日差しは、ありとあらゆるものに分け隔てなく降りそそいでいた。混雑した通りも、すすけた家々も、美しい教会も、ことごとく朝日に照らされている。

やたらと大きくて味気ないロイヤル・サザン病院も、赤煉瓦《あかれんが》の壁とたくさんの窓が陽光に映えていた。丸屋根を頂くヴィクトリア朝中期の典型的な建物は、各棟から突き出ている鉄製の非常階段のせいでいっそう殺伐とした雰囲気がかもし出されている。中はさらにひどかった。階段や廊下にはまったく日が差さない部分も多く、焦茶色に塗られた廊下を通ると、だれもがどことなく憂鬱《ゆううつ》な気分になった。

けれど今、階段を一段飛ばしで下りているルイーザ・エヴァンズには、そんなことはいっさい気にならなかった。頭の中はわくわくするような考えでいっぱいになっている。なぜなら、国家試験にパスしたからだ。これでついに一人前の看護師よ。彼女はまるで世界にはばたく翼を手にしたような気分だった。そして、実際にはばたこうと決めていた。総看護師長は試験結果が入った封筒を渡しながら、親切にも、ぜひこのままロイヤル・サザン病院で働くように勧めてくれた。外科病棟の夜間の正看護師として働きはじめれば、たちまち看護師長に昇進することができるだろうということだ。しかも、今すぐ決めなくてもいいとまで言ってくれた。

しかし、ルイーザの心はすでに決まっていた。どこか遠くへ行こう。できることなら、この病院からもイギリスからも離れたい。もちろん、総看護師長の前でそこまで言うのは気が引けるので、今のところは黙っていた。今日の勤務が終わったら、辞表を書いて提出するつもりだ。そのあと、非番の日に実家に帰って、継母に報告しようと考えていた。

狭い廊下を抜け、さらに階段をのぼって、婦人外科病棟に通じるスイングドアを通った。ほんの一瞬、遠くへ行こうという思いを忘れ、一刻も早く看護師長や同僚看護師たちに、自分はついに正看護師となったのだと報告したくてたまらなくなった。

ところが、報告するまでもなかった。看護師長室から出てきた外科病棟の師長は、ルイーザの幸せそうな顔を見るなり言ったのだ。「合格したのね。おめでとう。でも、そうなることは最初からわかっていたわ」

そのあと、ニュースはあっという間に広がった。患者たちも退屈をまぎらす話題が見つかったことを喜び、こんなにいい看護師さんなのだから合格するに決まっていると、最初から見越していたかのようにうなずき合った。当のルイーザ自身はというと、病棟を軽やかに歩きまわり、ふだんどおりてきぱきと仕事をこなしながら、頭の片隅で、これからどこへ行ってなにをしようかと考えていた。

その答えは、意外なほど早く見つかった。ルイーザは、やはり正看護師となった同僚たちとにぎやかな昼食を楽しんだあと、外科病棟に戻り、ミセス・グリフィンのガーゼを取り替えに行った。ミセス・グリフィンは、これからどうするのかと尋ねた。

噂《うわさ》というものが光のような速さで駆けめぐることは、日ごろから身にしみてわかっている。ルイーザは慎重に、まだ決めていないと答えておいた。そして、やさしくミセス・グリフィンの体を起こし、枕《まくら》に寄りかからせて上掛けを直してから、用具ののったトレイを手に病室を出ようとした。

「ちょっと待って」ミセス・グリフィンが呼びとめた。「これをごらんなさい。〝付添看護師募集。一カ月以内にノルウェーへ旅行する女性に同行できる有資格者。高給保証。旅行費用は当方で負担〟ですって。どう?」彼女は広告が見えるように『テレグラフ』をたたみ、ルイーザに渡した。

ルイーザは広告にじっくりと目を通し、自慢の記憶力で電話番号を暗記した。「おもしろそう。こういう仕事についたら、きっと楽しいでしょうね」それからベッドを隔てるカーテンを引き、ミセス・グリフィンに会釈して、足早に病室を出た。トレイを片づけたら、次の患者の手当てに向かわなければならない。しかしその前に、電話番号をエプロンの裾《すそ》に書きとめることは忘れなかった。

五時に勤務が終わると、辞表を書き、事務局へ送る手はずを整えた。それから、玄関ホールにある電話ボックスに入った。周囲にはだれもいなかった。守衛が一人、椅子に腰を下ろし、もう一つの椅子に足をのせて紅茶を飲みながら、短い休憩時間を過ごしていた。同僚たちはすでに看護師寮に帰り、今夜のパーティの支度をしている。ルイーザは番号をダイヤルした。

最初に電話に出た相手が、しばらくお待ちくださいと言い、続いて別の声が応《こた》えた。電話をかけたときになんと言うか、ルイーザは午後じゅう頭の中で練習していた。そのとおり話す間、相手の女性は口をはさまずに聞いていた。やがて話しおえると、女性は息切れしているような甲高い声で言った。「すでに何人かの看護師と面接しましたけど、私の希望どおりの人はまだ一人もいないの。明日、十一時ごろに面接に来てください」

「お昼過ぎまで勤務を抜けられないんですが……」

「それじゃ午後でけっこうよ。三時ごろにしましょう。私はコノート・ホテルにいるの。フロントでミス・サヴェージと言っていただけばわかるわ」

話がすむと、ルイーザはゆっくりと受話器を下ろした。ミス・サヴェージは、なんとなく不機嫌だった。いったいなにがそんなに気に入らないのだろう？　まあ、その答えを知るには、明日本人と会ってみるしかない。仮に面接に受かったとしても、こちらから断ることもできるのだから。

廊下を進み、看護師寮へ続く小さなドアを通った。それにしても、もしこの職に採用されたら、かねてからの願いがかなうことになる。もう何カ月も前から、ロイヤル・サザン病院を辞めたいと思っていた。決してこの病院がいやなわけではない。むしろ、楽しい思い出ばかりだ。ただ、近くに住む継母がなにかと干渉してくるのが悩みの種だった。熱心に看護師の実習に取り組む私を見て、ロイヤル・サザン病院を離れることはないだろうと、継母は高をくくっている。けれど今、ついにチャンスがやってきた。ルイーザはパーティに遅れないように歩調を速めた。

今夜のパーティは思いきっておしゃれをしようと、あらかじめみんなで相談していた。ルイーザはクローゼットの中をかきまわしたあげく、淡いブルーのクレープ地のワンピースにするか、セージグリーンのシルクジャージーのワンピースにするか、迷いに迷った。考えてみれば、どちらもあまり気に入ってはいない。二枚ともかなり前に買ったものだが、袖《そで》を通したのは数えるほどだ。結局、グリーンのほうを選び、急いであいているバスルームをさがしに行った。

三十分後、ルイーザはすっかり身支度を整えていた。小柄で、少し痩《や》せぎすで、顔立ちも美人とは言えないけれど、長いまつげに縁取られたはしばみ色の瞳が愛らしい印象を与えている。長く伸ばした明るい褐色の髪は、結いあげている時間がないので、銀の髪留めを使ってうなじで一つにまとめた。

同僚たちが迎えにやってきて、一緒に病院内にある研修医のラウンジへ向かった。そこでは、医師や研修医がビュッフェ式の夕食を用意していた。すでに部屋はいっぱいで、みんなおしゃべりに没頭したり、ざわめきにかき消されてしまいそうな音楽に合わせて踊ったりしている。

聞き上手のルイーザは、だれからも好かれていた。彼女はすぐに若い医師たちに取り囲まれた。彼らはルイーザのことを、恋の悩みでもなんでも打ち明けられる妹のように思っているらしい。ルイーザはいつも彼らの熱病のような恋の話を聞きながら、その愚かさを指摘したりはせず、熱心に耳を傾けるからだ。

少し控えめすぎるという欠点はあるものの、ルイーザは、二十二歳という年齢にしてはとても落ち着いた考えの持ち主だった。継母は、ルイーザが学校に通っている間も、卒業してからも、同じ年ごろの友人ができないような生活を強いてきた。家事が忙しくて人に会う暇などなかったし、たまに継母が引き合わせるのは年配の人々ばかりだった。看護師の実習を受けることになり、ようやく実家を出られた今でも、病院で若者たちに囲まれていると、どこか場違いな気がしてしまう。まして、知り合いの若者にキス以上のことをほのめかされたりしたら、一目散に逃げ出すのが常だった。そんなルイーザのことを、まわりの若者たちは陰でういういしいと噂し、妹として扱うようになるのだった。

ルイーザはやがてダンスに加わり、たまに飲んだり食べたりする以外は、パートナーに誘われるまま一晩じゅう踊りつづけた。パーティは夜半過ぎにお開きとなった。みんなであくびを噛《か》み殺し、明日も六時に起きなければならないとぼやきながら、それぞれの宿舎へ帰っていった。しかし、いったん寮に戻ると、看護師たちは紅茶をいれ、ルイーザの部屋に集まって、パーティについて感想を言い合った。結局、ルイーザがようやくベッドに入ったのはそれから一時間後で、明日の面接について考える余裕もなかった。

翌日、ルイーザは面接のために慎重に服を選び、明るいグレーのウールのスーツに決めた。丈の短いジャケットとタイトスカートの組み合わせが、実際の年齢よりも大人びた印象を与えてくれそうだ。スーツの下にはネイビーブルーのシルクのブラウスを着た。

ホテルはとても豪華で、中に入ったとたん、落ち着かない気分になった。幸い、フロント係は親切で、ボーイが部屋まで案内してくれた。数階上までエレベーターで上がり、分厚い絨毯《じゅうたん》が敷かれた廊下を進んだ先で、ボーイは軽くノックをしてからドアを開け、ルイーザを中へ通した。

面接はホテルのロビーかどこかでするものだと思っていた。患者は部屋から出られないだろうから、代理の人が現れると思っていたのだ。そこはとても豪華なスイートルームだった。フレンチドアの向こうにはバルコニーまである。人影はなかった。ルイーザは居間の真ん中で待った。やがて奥に通じるドアが開き、メイドがルイーザを中に招き入れた。そこは、居間と同じくらい贅沢《ぜいたく》な寝室だった。おそらく、大きなベッドでヘッドボードに寄りかかっているのがミス・サヴェージだろう。

ミス・サヴェージは、ルイーザの想像とはまったく違っていた。ルイーザは勝手に弱々しい老婦人を想像していたのだが、ベッドにいる女性はかなり若かった。どう見ても三十代で、おまけに美しい。金色の髪は顔を縁取るように軽やかにカットされている。丁寧に化粧をして、フリルとレースのついた淡いピンクのローブを身にまとっていた。

彼女はしばらくルイーザを眺めてから、驚いたように言った。「とりあえず若くてよかったわ」そして、顎で椅子を示した。「座ってちょうだい。ノルウェーにはしばらく滞在することになるけれど、それは承知していらっしゃる？」

「はい」ルイーザはうなずいてから言い添えた。「どういうご病気か教えていただけますか？　それをうかがうまでは、お引き受けできるかどうかわかりません。それにもちろん、私についてももっといろいろお尋ねになりたいでしょうし」

ミス・サヴェージの顔にゆっくりと笑みが広がった。「実はもう、あなたならぴったりじゃないかという気がしているのよ。あなたはお若いようだけど、まだ研修が終わってから日が浅いんでしょうね」

「年は二十二です。昨日、国家試験に合格して正看護師になったばかりです。旅行は今までしたことがありませんし……」

「あまり出歩いたりもしないほうなのかしら？　田舎のご出身？」

「実家はケント州にあります」

「実家を離れるのは大丈夫なの？」

「はい、ミス・サヴェージ」

ミス・サヴェージは鏡を取り、もの憂げに顔を眺めた。「肝臓に問題があるみたいなの。お医者様が言うには、胆管がつまっているんですって。ベッドから出られないというほどではないけれど、ノルウェーに行くのなら、看護師を連れていったほうがいいだろうって」彼女はちらりとルイーザを見た。「兄が向こうで働いているの。橋を建設しているのよ。兄がいるのはずっと北の方なんだけど、私はベルゲンに一カ月ばかり部屋を借りようと思っているの」

「治療は受けていらっしゃるんですか？」

「ドクター・マイルズに診ていただいているわ。ドクターに現地のお医者様を紹介していただくことになっているの」

「そうですか。でも、ベッドから出られるのなら、付添看護師はいらないんじゃないでしょうか」

ミス・サヴェージは眉をひそめた。「いるに決まってるじゃないの！」いらだったような口調だ。「夜眠れないことが多いのよ。不眠症なの。あなたの仕事ならたくさんあるわ」

彼女は鏡を置き、やすりで爪を磨きはじめた。「出発は三週間くらい先の予定よ。それまでには体があくかしら？」そこでちらりと目を上げる。「お給料は満足のいく額を差しあげるわ」

ルイーザは黙って座っていた。面接にしては、妙な感じだった。照会先を尋ねることも、勤務内容を説明することもない。ミス・サヴェージは、私がどういう人間かについてはまったく関心がないようだ。仕事自体は望みどおりとはいえ、この女性のことはなんとなく好きになれない。世間知らずでわがままな点はそれほど気にならないけれど、なんとなく腑《ふ》に落ちないものを感じる。でも、まるで天から舞いおりてきたかのようなこのチャンスをつかまなければ、イギリスを離れることはできないのだ。

「わかりました。お引き受けします」しばらくしてルイーザは言った。「よろしければ、正式な採用通知をいただきたいのですが。旅行の日程や勤務内容についても、のちほどお知らせいただけますでしょうか？　旅行はお一人でいらっしゃるのですか？　それとも、お兄様もご一緒に？」

ミス・サヴェージは皮肉っぽく笑った。「兄は忙しくてそれどころじゃないわ。橋のことで頭がいっぱいなのよ」

だったら、なぜわざわざノルウェーへ行くのだろう？　ルイーザは不思議に思った。ウインタースポーツでもするのでなければ、ノルウェーは静養に適した場所とは思えない。しかしそれは、ルイーザが考えてもしかたないことだった。

ロイヤル・サザン病院に帰る道すがら、ルイーザはずっと、これでよかったのだろうかと思い悩んでいた。だが、寮に戻ったとき、正しい判断だったのだと改めて思った。寮には継母からの手紙が届いていた。今度の休みには必ず帰ってくるようにと書かれていた。そうしないと看護師長に電話をかけるという。継母はさらに、何人か客が来る予定で、みんなルイーザに会いたがっていると続け、それにしても一週間も電話をしてこないとはどういうことか、恩知らずな娘だとなじっていた。

ルイーザは手紙の続きにざっと目を通した。いつも書かれていることの繰り返しだった。ルイーザが実家に帰るのは、そうしないとかえって面倒なことになるからだった。ただ、新しい仕事については一言も話すつもりはなかった。イギリスを離れ、継母の目が届かなくなれば、これからの人生を思いどおりに生きられるかもしれない。ルイーザは短い返事を書くと、急いで制服を身につけて勤務に戻った。

その日の勤務が終わるまでに、ルイーザは看護師長に転職について報告した。同僚たちにも、夕食のあと、部屋に集まって紅茶を飲んでいるときに伝えた。思いがけないニュースに、みんな一様に驚いていた。ルイーザはもの静かでおとなしい娘だと思われていた。同僚たちとのつき合いには喜んで参加するものの、思いきったことは決してしないタイプに見えるのだろう。同僚たちが興奮ぎみにあれこれ想像をふくらませ、頼んでもいない助言をくれたので、ベッドに入るのがすっかり遅くなってしまった。

休みまでにはまだ二日あった。ルイーザはその時間を有効に使い、パスポートを取得した。さらに、新しい服を買うために、かなりの額の預金を引き出した。だが、ふと我にかえり、考え直した。もしかしたら急にミス・サヴェージの気が変わるかもしれない。そうなったら、こんなところで散財するわけにはいかない。

しかし、ミス・サヴェージは約束を守って採用通知を送ってきた。そこには、旅行日程については改めて知らせるとも記されていた。ルイーザは一安心してもう一度お金を数え、近いうちにショッピングに出かけようと心に決めた。でも、その前に実家に帰らなければならない。

休日になると、セヴンオークスに向かう列車に乗った。昨夜から行くこともできたのだが、そうすれば実家で一晩よけいに過ごさなければならない。しかし、早朝のこの時間なら、到着はちょうど昼どきになり、昼食に招かれた客がいれば、継母とはあまり話をしなくてすむ。列車を降りると、アイタム行きのバスに乗り継ぎ、約六キロの道のりの間、窓の外を流れる田舎の風景を楽しんだ。木々はすでに色づきはじめ、家々の庭からはたき火の煙が立ちのぼっている。村は相変わらずこぢんまりして美しかった。ルイーザは中央の広場を通り過ぎながら、知り合いの人々と言葉を交わし、そのあと、実家へ続く小道を歩いていった。

実家は古い木造の建物で、木々と広い庭に囲まれていた。ルイーザは生け垣の端に作られた小さな門を開け、芝生を横切って、裏口から天井の低い部屋へ入った。古い家具が置かれたその部屋には書棚にはさまれた暖炉があり、かなり年季の入ったペルシア絨毯が敷かれていた。部屋の中ほどまで進んだところで、ドアが開き、ミセス・エヴァンズが現れた。

「やっと帰ってきたのね」継母の声は険しく、温かみはまったく感じられなかった。「どうしてゆうべ来なかったの？　フランクが来ていたのよ。それに、どうしてそんなところから入ってくるの？　この部屋は使っていないって、知っているでしょ」彼女はうんざりした顔であたりを見まわした。「かびくさくてみすぼらしいこと」

ルイーザは旅行鞄《かばん》を置き、静かに言った。「ここは母専用の居間だったのよ。父もこの部屋が好きだったわ」

ミセス・エヴァンズは華奢《きやしゃ》な肩をすくめた。「試験には受かったの？」ルイーザがうなずくのを見て、継母は続けた。「よかった。これでやっと落ち着けるわね。フランクをずいぶん待たせて」

「フランクと結婚するつもりはないわ。もう何度も言ったけど」

「まったく、頭の悪い子ね。願ってもないお相手じゃないの。お金もあるし、立派なお屋敷も、高級車も、スペインに別荘だって持ってる。それ以上なにを望むっていうの？　美人でもないくせに。こんないいお話、もう二度とないわよ」継母はルイーザを値踏みするような目で見た。「まさか、若い医者に恋をしたなんて言うんじゃないでしょうね？」

「いいえ。どうしてそこまでして私をフランク・リトルと結婚させたがるの？」

継母は口をすべらせた。「あなたにぞっこんだし、気前のいい人ですもの」

ルイーザは継母の顔をまじまじと見た。継母はまだ若く、美人で、優雅な雰囲気をそなえている。おまけにとても浪費家だ。遺言によって父の全財産を相続したが、それもこの三年間でほとんど使い果たしてしまったのだろう。そこで扱いやすいフランク・リトルをたきつけて継娘と結婚させ、金銭的な援助を得ようと企《たくら》んでいるに違いない。

私は思いどおりにはならないわ。ルイーザは心の中でつぶやいた。あと十歳かそこら若かったら、あなた自身がフランクと結婚できたでしょうにね。実際、これほど年の離れた女性を後妻に迎えた父に、ルイーザはいまだに反発を感じていた。もしも継母が本当に父を愛していたのなら、納得もできただろう。けれど、父がなぜこんな女性と結婚したのか、今もって理解できない。ずる賢い継母は父をいいように操っていた。ルイーザはほかに返す言葉も思いつかなかったので、旅行鞄を手に取った。

「ランチにお客様がお見えになるのよ」ミセス・エヴァンズは言った。「部屋で身だしなみを整えていらっしゃい」そして、ルイーザを置いてすたすたと居間を出ていった。

ルイーザは二階の自分の部屋に上がった。顔を洗い、髪を整えながら、イギリスを離れることについて考えた。この家は恋しくなるだろうが、心残りはそれだけだ。あいにく、出発前にもう一度ここに帰ってこなければならない。ふだんどおりにしないと、継母はなにかあると勘ぐるだろう。外国へ行くのだと言ってやりたくてうずうずする。でも、悪だくみに長《た》けている継母は、知ったとたん私の出発を阻もうとするかもしれない。継母には有力者の知り合いも多く、どんな手を使ってじゃまをしてくるかわかったものではないのだ。そのとき、私道に車が入ってきて、騒々しい話し声が響いた。ルイーザは平凡な自分の姿をもう一度鏡でチェックしてから階下に下りた。

応接室はおおぜいの人々がひしめいているような騒がしさだったが、ドアを開けてみると、客は五人だけだった。下品とも思えるほど声を張りあげてしゃべっているので、そう聞こえたのだ。ほとんど知らない相手だったが、ルイーザは一人一人と握手をし、シェリー酒を片手に世間話をした。みんな継母の友人で、父が生きていたころはこの家には寄りつかなかった連中だ。だが、今では頻繁にやってくる。客はもう一人ふえる予定だった。言うまでもなく、フランク・リトルだ。

やがて彼は現れた。年齢は三十代後半。背が低く、小太り。二重顎の丸顔には不似合いな、気取った雰囲気を漂わせている。彼は戸口でいったん立ちどまり、全員ひとまとめに挨拶《あいさつ》をしたあと、まっすぐルイーザのところに来た。

「お母さんが、君が来ると教えてくれたんだ」フランクは挨拶もなしにいきなり言った。「仕事が忙しいのはわかっているよ」ルイーザの手を取り、ぎゅっと握る。「でも、僕が来ると知って、わざわざ帰ってきてくれたんだね」

ルイーザは手を引っこめた。フランクがこんなに自惚《うぬぼ》れた男でなかったら、失礼なことをしたと少しは申し訳なく思ったかもしれない。「とくに大変な思いをして帰ってきたわけじゃありませんわ。それに、あなたがいらっしゃることは知りませんでした」

それは必ずしも真実ではなかった。ルイーザが実家に帰るたびに、フランクは必ず訪ねてくるのだ。

ルイーザは彼から少し離れた。「飲み物はなにがよろしいですか？」

ランチの間もずっとフランクは隣に座り、休みなく話しつづけて、ルイーザは自分のものだと周囲にアピールしていた。

しかも、夕食の時間になってもまだ居座っていた。ルイーザが午後一人で出かけてしまったので、だいぶ機嫌が悪くなっていたが。ルイーザはアイヴィー・ハッチへ散歩に行っていた。そこにはアイタム・モートと呼ばれる領主館《マナーハウス》があり、お気に入りの場所だった。なかなか帰らず、お茶の時間に遅れたルイーザに、継母は周囲に悟られないように冷たい怒りを向けた。

翌日はそれ以上に気の滅入《めい》る日だった。ルイーザは村へ出かけたのだが、その帰り道、フランクが待ち伏せしていて、結婚してくれと迫ってきたのだ。この一年間で、四度目のことだった。

ルイーザはやんわりと断った。別に好きではないけれど、フランクを傷つけたくはなかった。だが、彼はいらだたしげになおもくいさがった。「君のお母さんは僕を理想的な花婿だと言っているんだぞ」

その言いぐさにはさすがのルイーザもあきれ、くるりと踵《きびす》を返してさっさと歩きだした。途中、振り返って言い捨てた。「あの人は私の母親なんかじゃないわ。自分の結婚相手は自分で選びます。いつか結婚したいと思ったらね」

フランクは追いすがった。「今夜、君に会いに行く。夕食に誘われているんだ。ほかにはだれもいない。僕らだけで話をしよう」

お茶の時間のあと、ルイーザは自分の部屋へ行き、荷物をまとめた。そして継母に、次のバスで帰ると言い残して家を出た。ミセス・エヴァンズはあっけにとられて、返す言葉を失っていた。ルイーザはぎりぎりでバスに飛び乗り、村の広場を歩いていたフランクに元気よく手を振った。

ロイヤル・サザン病院に戻っても、後悔の念などまったく感じなかった。用心のため、継母から電話がかかっても留守だと言ってほしいと同僚に頼んだ。そして、ゆっくりと風呂につかってからベッドに入った。

休み明けの病棟は忙しく、ルイーザは、自由になる時間はすべてショッピングに費やした。毎日、夜にはすっかり疲れきって、新しい仕事のことを不安に思う暇もなかった。その週の終わりにミス・サヴェージから手紙がきた。最終的な細かい打ち合わせをしたいので、もう一度訪ねてきてほしいとのことだった。

ルイーザがホテルの部屋を訪ねると、ミス・サヴェージは長椅子でくつろいでいて、この前よりも上機嫌で話をした。

「制服を用意しなくちゃいけないわね」短い挨拶のあと、彼女は言った。「もちろん、移動中は着なくていいけれど、あったほうが便利でしょう。色はダークブルーがいいわ。あと、帽子もいるわね。〈ハロッズ〉に行って、私の名前で買っておいてちょうだい」

「いつも着ていたほうがよろしいんですか？」

「まさか。ふつうの仕事と同じように、休みはちゃんとあげるわ。それに、私は出かけることも多いでしょうけど、あなたを連れて歩くつもりはないから」

ルイーザは目をぱちくりさせた。「出発の前に、担当のお医者様にお会いしたいんですが」

ミス・サヴェージは肩をすくめた。「会ってくれてもいいけど、忙しい方なのよ。とりあえず電話してみてちょうだい。番号はあとで渡すわ」彼女はあくびをした。「当日は、ここまでタクシーで来てね。友達がヒースロー空港まで送ってくれることになっているの。十時に来てちょうだい」そこで眉をひそめる。「ほかになにかあったかしら……そうだわ、呼ぶのはファーストネームがいいわね。なんていったかしら？　前に聞いたと思うけど、忘れちゃったのよ」

「ルイーザです」

「ずいぶん古風な名前ね。まあ、あなたは古風な人みたいだから。それじゃ、言ったとおりにお願いするわね。十日後にまた会いましょう」

ルイーザは立ちあがった。旅の支度があるので、ノルウェーはどの程度寒いのか尋ねるつもりだったが、なんとなくミス・サヴェージにきいてもしかたがないように思えた。ルイーザは礼儀正しく別れの挨拶をして、病院へ戻った。診断結果や治療方法がカルテに明記された病院の患者たちと比べて、ミス・サヴェージにはとまどうばかりだった。でも、医師に相談すれば、問題は解決するだろう。

しかし結局は、医師の助言もあまり役には立たなかった。ミス・サヴェージには治療らしい治療は必要ないようだった。十分休養をとり、新鮮な空気を吸って、夜は早くやすみ、栄養に気を配るだけだという。

「ミス・サヴェージにはビタミンB群を処方しています。症状については、ノルウェーの知り合いの医師に伝えてあります。なにか問題があれば、そちらに相談してください。ご承知と思いますが、彼女は消化不良を起こしやすく、そのほかさまざまな症状も見られます。そのつど、必要に応じて処置してください」

ルイーザは医師のそっけない説明に耳を傾け、ひととおり聞いたところで質問した。

「運動についてはいかがでしょう？」

「それは、患者の気分しだいですね。ご存じのとおり、日によってとても元気なこともあります。とにかく、過度に動きまわらなければけっこうです」

「カルテは拝見できますか？」ルイーザはなおもくいさがった。

「ベルゲンの医師に送ってありますので」

ルイーザはしかたなく受話器を下ろした。これまでの限られた経験から言って、病院でも、ミス・サヴェージと同じような症状の患者に対してやはり治療らしい治療はしていなかった。ただ、入院患者と違って、自宅療養の患者は食事や運動の制約を破りがちになってしまうという問題がある。付添看護師としては、ミス・サヴェージのようすを注意深く見守るくらいのことしかできないだろう。でも、少なくとも、この仕事のおかげでフランクからは逃げられる。

そう考えると元気が出たので、ルイーザはショッピングに出かけた。懐具合はかなり寂しくなったものの、新しい服をそろえることができた。流行の最先端とは言えないまでも、外見に自信をつけるには十分だ。出発前にもう一度実家に帰った。しばらく帰ってくることはないので、継母の意地悪にも、フランクの厚かましさにも、ひたすら耐えた。出発まであと一週間——考えただけでもわくわくしてくる。病院は相変わらず忙しかったが、目の前のことに対応するだけで精いっぱいなのはかえって好都合だった。勤務が終わると、毎晩少しずつ荷造りをしたり、同僚たちが開いてくれるいくつものお別れパーティに出席したりして過ごした。

出発の前夜、ルイーザは継母に手紙を書き、当日、タクシーに乗る直前に投函《とうかん》した。病棟から抜け出すことができた同僚たちが集まり、にぎやかに見送ってくれた。病院が見えなくなると、ルイーザは座席の背にもたれ、自分がしていることの重大さにしばらく呆然《ぼうぜん》とした。しかし、それもほんの数分間のことだった。すぐに、自由になった喜びがわきあがってきた。

ルイーザは約束の時刻ちょうどに着いたが、ミス・サヴェージのほうはまだ支度ができていなかった。ルイーザは化粧品を優雅なバニティケースにおさめながら、飛行機に遅れないように祈った。だが、フロントから電話が入ると、ミス・サヴェージはとたんに元気になった。数分後、ドアをノックする音が響いた。客は三人だった。ミス・サヴェージと同じくらいエレガントな若い女性が一人と、男性が二人。三人は大声で笑い、愉快そうに話しながら、せわしなくミス・サヴェージと抱き合い、挨拶を交わした。ルイーザの存在はすっかり忘れ去られていた。

ミス・サヴェージと友人たちは荷物を運ぶベルボーイを引き連れ、あわただしく階下に下りた。ルイーザが付添看護師としての役目を果たせる状況ではなかった。とにかく、飛行機に乗ったらミス・サヴェージを休ませよう、軽い食事をとらせて昼寝をしてもらおうと思った。

結局、一行はだれもルイーザとは話をしないままキャデラックに乗りこみ、ヒースロー空港へ向かった。ルイーザは後部座席で客にはさまれていた。ミス・サヴェージは助手席に座った。すっかり興奮して大騒ぎしているそのようすからは、とても肝臓に問題のある病人には見えなかった。ルイーザは、ここで忠告してもむだだろうとあきらめた。ミス・サヴェージは上機嫌で話しつづけ、運転席の男性もあいづちを打って先を促した。

ヒースロー空港に到着すると、驚いたことに、三人の客も一緒になって搭乗手続きをした。男性の一人がルイーザのあっけにとられた表情に気づき、彼女の肩をたたいて言った。

「心配いらないよ、看護師さん。僕らはクラウディアをベルゲンに送っていくだけだから。現地に着いたら、彼女のことはすべておまかせするよ」

それがせめてもの救いだわ。ルイーザはミス・サヴェージが機内でジントニックを飲んでいるようすを眺めながら思った。一行はファーストクラスに乗りこんだが、座席は半分ほどしか埋まっていなかった。ミス・サヴェージと友人たちは、まるで我が家にいるような調子で、周囲にはおかまいなく騒いでいる。

飛行機が苦手なうえに疲れきっていたルイーザには、フライトは永遠と思えるほど長く感じられた。ようやく飛行機が着陸態勢に入ると、思わず安堵《あんど》のため息をついた。雲の切れ間から、森林におおわれた島々や海が見えた。遠くには雪を頂いた山々がそびえている。

ルイーザは一瞬、ミス・サヴェージのことも、あらゆる不安も忘れ、興奮に胸をときめかせた。ここは彼女にとっての新天地だった。行く手にどんな未来が待っているか、まだ想像もつかなかった。

2

ベルゲン空港は、ヒースロー空港より小さく、税関手続きを終えて二台のタクシーに分乗するまで数分しかかからなかった。ルイーザは二台目の車に、二人の男性のうちの年かさのほうと一緒に乗ったが、彼のことなどほとんど目に入らなかった。ほかに見るべきものがあまりにもたくさんあった。

ノルウェーは緑の多い美しい国というのが第一印象だった。曲がりくねった道路の両側には、すでに色づきはじめた木々が並んでいる。めざすベルゲンの町は二十キロも北だというのを標識で知り、ルイーザは驚いた。空港はベルゲンの郊外にあるのだと勝手に思いこんでいたのだ。

やがて窓の外には、点在する小さな村々が現れた。二十分ほど走ったところで、タクシーはベルゲン市外に入った。渋滞した道路を見て、少しがっかりした。これではイギリスと少しも変わらない。しかし、それもつかの間のことだった。突然、タクシーは町の中心部に出た。小さな広場がにぎやかな通りに囲まれている。同乗していた男性が指さした。

「あそこに小さくて感じのいいティールームがある。買い物の途中に寄るには便利だよ。クラウディアのフラットは劇場のそばだそうだ」

興味深い情報だが、ルイーザの役には立ちそうになかった。

タクシーは商店街を離れ、別の小さな広場の前に出た。広場の突き当たりには劇場がある。タクシーは広場を囲む通りでとまり、一行はそろって降りた。そこには、似たような外観のフラットがいくつか立ち並んでいた。ミス・サヴェージの住まいはそのうちの一軒の二階部分だった。専用の玄関もついている。感じのいい若い娘がドアを開けて出迎え、階段をのぼって部屋へ案内した。室内は現代的な北欧風の家具でまとめられていた。娘はいったん廊下の先に消えたものの、やがて紅茶のセットがのったトレイを手に戻ってきた。

ルイーザは命じられて全員の紅茶をついだ。そのあと、ミス・サヴェージが言った。

「あなたもお飲みなさいよ、ルイーザ。あ、そうだわ、それよりも荷物をほどいてくれる？　どこかにメイドがいるはずだから、さがしてみて」

ルイーザは言われたとおりにした。

フラットは、ルイーザが思っていたよりも広かった。寝室三つと、バスルーム一つのドアを開けたあと、ようやくキッチンにたどり着いた。そこにはさっき紅茶を運んできたのとは別の娘がいた。若く美しい娘で、幸いなことに英語が話せた。

「エイヴァです」娘は握手を交わしながら言った。「毎日、朝八時から夜七時までここで働くことになっています。午後は二時間、家に帰ります」彼女はにっこりした。「コーヒーをお飲みになりますか?」

ルイーザはさっき紅茶を飲めなかったので、遠慮なく飲ませてもらうことにした。「ええ、いただくわ。でも、荷物をほどくつもりだったの」

「それじゃ、まずお部屋にご案内してから、コーヒーをいれますね。あなたは看護師さんでしょう?」

「ええ」ルイーザはエイヴァのあとについて廊下を進み、自分の部屋を見せてもらった。明るく広々として、家具もそろっている。専用のシャワールームもついていた。続いて、ミス・サヴェージの部屋に通された。ルイーザの部屋よりずっと広く、バスルームがついている。広場を見おろすバルコニーもあった。コーヒーを飲みながらエイヴァと五分ほどおしゃべりをすると、ようやく元気が出てきた。

ルイーザは部屋に戻り、荷ほどきを始めた。ミス・サヴェージは数えきれないほど衣類を持ってきていたので、整理するのにかなり時間がかかった。病人のわりには、ずいぶん華やかな社交生活を望んでいるようだ。ルイーザは最後の香水瓶をドレッサーに並べ、部屋着をふんわりとベッドに広げてから、ミス・サヴェージを呼びに行った。

お茶のひとときは相変わらず盛りあがっていた。もっとも、紅茶のトレイはアルコールのトレイに取って代わられ、ミス・サヴェージの青白い頰には赤みが差している。ルイーザが言葉を発する暇もなく、男性の一人が呼びかけた。「大丈夫だよ、看護師さん。僕らはこれで退散させてもらうから。ちょうど空港へ向かう時間だ。じゃあ、クラウディアをよろしく頼むよ」彼はウインクした。「あまりむちゃをしないように、気をつけてやって！」

別れの挨拶《あいさつ》にはたっぷり五分かかった。客が帰ってしまうと、部屋はしんと静まり返った。だがそれも、ミス・サヴェージがわっと泣きだすまでのことだった。彼女は両腕を振りまわし、独り言をつぶやきながら部屋を歩きまわった。それでもその美しさが損なわれることはなく、見ているとどこか愛らしかった。まるで、駄々をこねている小さな女の子のようだ。情にほだされやすいルイーザは、見ているうちにいとおしさを感じた。少々てこずったものの、なんとかミス・サヴェージをソファに座らせると、隣に腰を下ろした。

「きっと疲れていらっしゃるんですよ」ルイーザは落ち着いた静かな声で言った。「今日はいろいろとあったから。でも、まだ夜まではだいぶ時間があります。少しお昼寝なさったらいかがですか？　お目覚めになるまでに、エイヴァと一緒にお食事を用意しておきます。あまり召しあがっていないんでしょう？」

「イギリスに帰りたい」ミス・サヴェージはつぶやき、ルイーザの肩に顔をうずめた。

「だったら帰ればいいじゃないですか。荷造りなんかわけないですから、一晩ゆっくりやすんだら、明日、帰りの飛行機に乗って……」

「ばかね！」ミス・サヴェージは言った。「そんなことができるわけないじゃないの。私が自分からここに来たがったと思っているの？　だれが友達と離れてこんな退屈な町に……」

ルイーザはばか呼ばわりされたことも気にならなかった。ミス・サヴェージの気が高ぶっているのはわかっていたので、平静にきき返した。「だったら、なぜいらしたんですか？」

「無理やり来させられたに決まっているじゃないの。私だって生きていかなきゃならないんだから。もし仕送りをとめられたら、どうやって暮らしていけばいいの？」

「無理やりって、だれにですか？」ルイーザは静かに尋ねた。「言いたくなければ言わなくてもいいですよ。でも、もし気が楽になるようでしたら、話してみてください。そのうちに、なにか解決策が見つかるかもしれませんし」

「鬼のような兄によ。大っ嫌い。意地悪で横暴で。ここに呼び寄せれば、私がもうお金を使わなくなる……友達にも会わなくなると思っているのよ」

「それはひどいわ。でも、私はどうなんです？　私を雇うにも、お金はかかるでしょう？」

「ああ、そういうお金なら、兄はちゃんと払うわ。それも条件のうちなのよ……」ミス・サヴェージは口ごもり、言い直した。「お医者様が、私にはだれか世話をしてくれる人が必要だっておっしゃるから……」

「そういうことだったんですね！」ルイーザは憤慨した。ミス・サヴェージがこんなふうになったのは、独裁者のような兄に虐げられてきた結果のように思えた。「お兄様は、今日あなたがいらしたことを知っているんですか？」

ミス・サヴェージはうなずいた。「ええ。でも、心配することはないわ。兄はここには来ないから。ずっと遠くにいるのよ。最後に連絡があったのは、トロムソの北からだった。もうほとんど北極点ってところ――少なくとも北極圏にいるのは間違いないわ」

ルイーザはハンカチを取り出し、ミス・サヴェージの涙をふき取った。「それにしても、なぜノルウェーまで呼び寄せなければならなかったのか、よくわかりませんね。もっと静かな暮らしをさせたいと思うのなら、しばらくの間イギリスの田舎町で暮らせるようにしてくだされればいいのに。そのほうが経済的にもずっと安くすむんじゃありません？」

ルイーザはミス・サヴェージの顔を見ていなかったので、そこに現れた狡猾《こうかつ》な笑みには気づかなかった。ミス・サヴェージは言った。「でも、それじゃ友達が会いに来られるもの」

「ここでもきっとお友達が見つかりますよ」ルイーザは言った。「とてもすてきな町ですし、ゆっくり休んだら、一緒に散歩しましょう。イギリス人だっているはずですわ」

ミス・サヴェージは背筋を伸ばした。「あなたって、思ったよりもずっといい人ね。きっと、二人でうまくやっていけるわ。いろいろ力になってくれるでしょう？　友達を作ったり、外出したり……」

ルイーザは慎重に答えた。「ええ、もちろん。でも、無理をなさってはいけません。規則正しい生活をなさりながら楽しみを見つけるのでしたら、まったく問題ないと思います。お医者様のお許しが出るまでは夜更かしをせず、薬をのんで、食事に気をつけて、ゆっくり休養をとること。それが一番大事ですから」

「いかにも退屈そう！」ミス・サヴェージはルイーザにほほえみかけた。「でも、いい子でいるわ。約束する」

その言葉どおり、ミス・サヴェージは寝室へ行き、部屋着に着替えて、素直にベッドに入った。ルイーザは羽毛布団をかけてから部屋を出た。

ルイーザは自分の荷物を片づけると、エイヴァと夕食について相談した。そのあとはとくにすることもないので、窓辺の椅子に腰を下ろし、外を眺めた。下の通りを行き交う人々が見える。一日の勤めを終え、家路を急いでいるのだろう。空は澄み渡っているものの、ときおり吹く強風が木の葉を巻きあげている。秋が去り、冬が訪れたら、この風景はどのように変わるのだろう？　これまで見てきた町のたたずまいから想像する限りでは、冬もきっと趣深い景色を見せてくれるはずだ。でも、持ってきた服で寒さをしのげるだろうか？　ミス・サヴェージの荷物の中には、厚いウールのセーターやアノラックや中に毛皮を張ったブーツなどがあった。男友達の一人が彼女のために持ってきたミンクのコートもある。そのとき電話が鳴り、ルイーザのもの思いをさえぎった。ミス・サヴェージが起きないうちにと、急いで受話器を取った。低くて深みのある男性の声が、ノルウェー語とおぼしき言葉でなにか尋ねた。

「すみません、おっしゃっていることがわからないのですが……」

「君は看護師か?」

「はい、ミス・サヴェージの看護師です」

「クラウディアと話がしたい。彼女の兄だ」

「今おやすみになっています。一時間ほど前に着いたばかりで。明日かけ直していただけますか?」ルイーザは冷ややかに応じたが、相手の男性の冷たい言い方とは比べ物にならなかった。

「都合のいいときにまた電話する」

その一言を残し、電話は切れた。ルイーザは腹立たしさを覚え、知っている中で最悪の男だと思った。この男に比べたら、フランクのほうがまだましだ。

やがてミス・サヴェージが目を覚まし、元気を取り戻したようすで居間にやってきた。ルイーザは電話について伝えた。

「これでしばらく兄と話さずにすむわ。ここへ会いに来る気はないみたいだし」ミス・サヴェージはうれしそうだった。「もしもまた兄が電話してきたら、私は買い物に行っているとか、寝ているとか、適当に理由をつけて断ってね。ああ、おなかがすいた。食事はどうなっているの？　今日は外食にする？」

「エイヴァが二人分の食事を作ってくれています。ちょうど温めていたところですから、二、三分で用意できるでしょう」

「なあんだ、外食じゃないの。つまらないわ。まあ、あなたもいろいろ家事があるでしょうしね」

本当なら自分は看護師であってメイドではないと言うべきところだが、今はあまりいいタイミングとも思えなかった。ルイーザはなにも言わず、エイヴァに給仕をしてくれるよう頼みに行った。

食事の間、ミス・サヴェージはずっと機嫌がよかった。もっとも、おなかがすいたと言っていたわりには、見事に料理された鱈《たら》を二、三口食べただけで食欲が失《う》せてしまったらしい。彼女はルイーザを残してテーブルを立った。空腹だったルイーザは、あわてて食事をすませた。デザートのプディングもおいしく、食後のコーヒーに至っては最高だったので、急いで食べるのはもったいない気がした。ミス・サヴェージはコーヒーだけ飲むと言って、窓の前に置かれた大きなソファにぐったりと座っている。まるで、一日じゅう走りまわったかのように疲れた表情だった。

「そろそろおやすみください」ルイーザはきっぱりと言った。「まずはお風呂に入っていただいて……。睡眠薬はおのみになっていますか？　お医者様はなにもおっしゃっていませんでしたけど……」

「バッグの中にあるわ。でも、今日はのまなくてもよさそう」ミス・サヴェージはきれいな歯を見せて大きなあくびをした。「朝食はベッドでいただくわ。コーヒーとトーストよ。十時までは起こさないでね」

その夜、ミス・サヴェージがベッドに入ると、ルイーザは夕食のあと片づけをし、翌朝エイヴァが使いやすいようにキッチンを整えてから、再び窓辺へ行った。外は真っ暗だった。それでも通りは明るく照らされていて、車や人々でにぎわっていた。ルイーザはいいことを思いついた。ミス・サヴェージが十時まで起きないのなら、朝、朝食をとったあと、一人で散歩ができる。早く起きて身支度をすませよう。八時にはエイヴァがやってくるから、ミス・サヴェージが目を覚ましても大丈夫だ。

付添看護師の仕事についてはほとんど知らないものの、これがふつうとは思えなかった。勤務時間ははっきりと決まっていないし、休日についても今のところ具体的にはなにも言われていない。あらかじめきちんと確認すべきだったのだろうが、どうしてもこの仕事につきたかったのだ。これまでのところ、必ずしも期待どおりとは言えないまでも、少なくともイギリスを出て、継母の手の届かないところへ来ることができた。おまけに、一日でこの国が好きになった。

その晩、ルイーザは夢も見ずにぐっすりと眠った。

翌朝、エイヴァが来たときには、ルイーザはすっかり身支度をすませていた。ミス・サヴェージから制服についてなにも言われないのをいいことに、薄手のセーターとプリーツスカートを身につけていた。

エイヴァはすぐにコーヒーをいれ、来る途中で買ってきたまだ温かいロールパンを並べた。そして、ルイーザと一緒にキッチンのテーブルにつき、コーヒーを飲みながら、お勧めの店の場所などを教えてくれた。ルイーザは九時前にジャケットとウールの帽子と手袋を身につけ、フラットを出た。まずはすぐ前の小さな広場を横切り、エイヴァに教えられたとおり、商店街に出た。店はすでに開いていたが、人影はまばらだった。

ルイーザは早足で歩いた。とりあえず、エイヴァが教えてくれた港まで行ってみるつもりだった。立ち並ぶ店は、次の機会に一軒一軒ゆっくりのぞいてみればいい。めざす場所に到着するまで、それほど時間はかからなかった。フェリーが行き交う港には活気があふれていた。港の周囲には木造の古い家が立ち並んでいる。どれも美しく保たれ、多くは店舗に改装されていた。ルイーザは海沿いの小道を歩きながら、遠くの山々や、そのふもとに立つ色とりどりの家々を眺めた。魚市場もあった。じっくり眺めている暇はなかったものの、イギリスとはだいぶ趣が異なり、驚くほど魚の種類が豊富だった。ルイーザは最後にもう一度足をとめ、対岸の山と、そこにそびえる城を眺めた。あの城についても、今度調べてみなくては。しかし、これ以上ゆっくりしている時間もないので、来た道を足早に引き返した。

フラットに戻ると、制服に着替えた。私が看護師であることを思い出せば、ミス・サヴェージだってもっと言うことを聞いてくれるかもしれない。

ルイーザは十時ちょうどに、ミス・サヴェージの寝室のドアをノックし、中へ入った。紅茶のトレイをベッドのわきに置き、カーテンを引いた。ミス・サヴェージはゆっくりと目を覚ました。美しさは相変わらずだが、昨夜同様、もの憂げな表情だ。上半身を起こすと、ルイーザの明るい挨拶にも応《こた》えずに言った。「なんてやぼったい制服なの。そんなのを着ていたら、ぜんぜんかわいく見えないわよ。でも、今日のところは着ていてもらったほうがいいかもしれない。お医者様が見えることになっているの」

「でしたら、朝食のあともベッドにいらしたほうがいいですね」ルイーザは制服をけなされたことも気にせず、にこやかに言った。「きっと診察なさるでしょうから」

ミス・サヴェージはあくびをした。「朝食なんて欲しくないわ」

「コーヒーは？　バターとブラックチェリーのジャムを塗ったロールパンはいかがです？」ルイーザは言った。「とりあえず、お持ちしてみますね」

「せめて十分待ってちょうだい」

驚いたことに、十分後、ミス・サヴェージは起きあがって枕《まくら》にもたれ、溌剌《はつらつ》とした表情になっていた。コーヒーを飲み、ロールパンも少し口にして、文句も言わずに風呂に入った。ルイーザはベッドを整え、室内を片づけて、風呂から出てきたミス・サヴェージをベッドに寝かせた。その直後、ドアのベルが鳴った。

ドクター・ホプランドは恰幅《かっぷく》のいい年配の男性で、とても感じがよかった。ほとんどなまりのない流暢《りゅうちょう》な英語を話し、医師にありがちなあくせくした雰囲気もなかった。ルイーザがミス・サヴェージについて知っている限りの情報を伝えると、彼はうなずき、患者についてはしばらくようすを見るだけでいいだろうと言った。「カルテは送ってもらいました。最近では似たような患者さんも多いですが、とくにこれといった治療法はないのでね。ミス・サヴェージは協力的ですか?」

答えにくい質問だった。ルイーザはおずおずと言った。「はい、だいたいは。ただ、どちらかと言えば、自由になさりたい性格で……」

「なるほど。とにかく、栄養のあるものを食べ、疲れを感じたら体を休めて、ときには新鮮な空気に触れるよう、気を配ってあげてください。今はベッドで休んでおられるんですね?」

「はい。診察なさるのではないかと思いまして」

「そうですね。では、さっそく拝見しましょう」

ミス・サヴェージは素直にドクター・ホプランドの診察に応じた。あまりにもおとなしいので、ルイーザは驚いた。一時間後、ベッドで読書をしていたミス・サヴェージが居間へやってきて、ベルゲンの町を見たいと言いだしたときには、それ以上に驚かされた。

二人は一、二時間ほど商店街を見てまわることにした。ミス・サヴェージは高価な小物やかかえきれないほどの本を買い求め、ルイーザに持たせた。

「そうだわ、あと、シェリー酒も一本買っておかなきゃね。お客様が来たときのために」ミス・サヴェージは声をはずませて言った。「そんな渋い顔をしないでちょうだい、ルイーザ。私が飲んじゃいけないのはわかっているわ。リカーショップはどこかしら?」

リカーショップは見当たらず、ルイーザの記憶にもなかったので、たった今出てきた書店に戻り、店員に尋ねてみた。店員は一番近い店の場所を教えてくれた。「でも、いろいろ規制があって、お酒を買える時間帯が限られているんですよ」ちらりと腕時計に目を落とす。「この時間は閉まっていて、夕方までは開きません」

ミス・サヴェージが甲高い声をあげた。「そんなばかな話、聞いたことないわ。それじゃ、あとであなたに買いに行ってもらうしかなさそうね」

「そんなにお急ぎなんですか?」ルイーザは尋ねた。「どなたかお客様が見える予定でも?」

二人はフラットに向かって歩きだした。「あなたにいちいち説明する必要はないはずよ」

ミス・サヴェージは冷たく言い放った。午前中のなごやかな雰囲気はすっかり消え失せていた。そのあとも彼女の機嫌は直らず、夕方にはさらにひどくなった。ミス・サヴェージはソファに寝そべり、食事も頑としてとらずに、音楽を大音量でかけていた。シェリー酒を買いに行くように命じられたとき、ルイーザはむしろほっとした。

急いで買ってくるようなことはしなかった。せっかくフラットから出られるチャンスなのだ。それに、おなかもすいていた。今日は昼食をとる時間もなかった。おまけに、お茶の時間になってもミス・サヴェージにあれこれとこき使われて、ようやく口をつけたときには紅茶はすっかり冷めきっていた。ルイーザはカフェに入り、コーヒーを飲んで大きなデニッシュを食べた。そして、人心地ついたところで港へ向かった。中世の建物が立ち並ぶ通りを歩きつづけ、書店で教えてもらった横道に入って、目的のリカーショップを見つけた。

シェリー酒一本のために、ずいぶん面倒なことをさせられるものだと思いながら、帰路についた。外はだいぶ寒くなっていたが、閉店後の店のウインドーには明かりがともり、通りはにぎやかだった。ルイーザは憂鬱《ゆううつ》な思いでフラットに入った。もうエイヴァは帰ってしまっただろう。ミス・サヴェージがまだご機嫌ななめだったら、夕食を楽しめる見込みはなさそうだ。

ミス・サヴェージは窓辺に座り、テレビを見ていた。あまりにも愛想よく迎えられて、ルイーザは驚きのあまりシェリー酒の瓶を落としそうになった。それだけではない。ミス・サヴェージは素直に夕食の席につき、おいしく調理された鱈にはほとんど手をつけなかったものの、楽しそうにおしゃべりをした。ルイーザはその相手をしながら、ありがたく料理を味わった。ミス・サヴェージの上機嫌はベッドに入るまで続いた。そのあと、ルイーザはテーブルを片づけ、寝る時間まで手紙を書いた。

振り返ってみれば、それほど悪い日でもなかった。ルイーザは枕に頭をつけながらそう考え、またたく間に深い眠りについた。

それからの一週間も、初日とほとんど変わらない毎日だった。ミス・サヴェージの機嫌は相変わらず予測がつかなかったが、ルイーザもしだいに慣れて、ミス・サヴェージが急にヒステリーと言ってもいいほどの興奮状態に陥っても、どうにか対応できるようになった。食事どきには、少しずつでも食べさせられるようになり、日に一度は散歩に連れ出した。ミス・サヴェージが美術館へ行ったり、ケーブルカーで山に登ったりしたがらないのは残念だった。ルイーザは、休みをもらえたら必ず行ってみようと心に決めていた。観光シーズンは過ぎてしまったものの、それほど遠くないフィヨルドの町を訪れるクルーズ船の定期便は、冬季も運行しているようだ。

ある晩、手紙を出しに行ったとき、最初の給料をもらったら、厚手のジャケットを買おうと決心した。シープスキンのジャケットが欲しかったが、そこまで贅沢《ぜいたく》なものが買えるほどの金額はもらえそうにない。でも、分厚いウールのセーター二枚と、おそろいの帽子と手袋はぜひ買わなければ。すでに毛糸と編み針を買いこんで、長いマフラーを編みはじめている。このところ、日ごとに寒さが増し、マフラーが活躍する日もそう遠くはなさそうだ。

ドクター・ホプランドは一度来たきりで、再び往診に訪れることはなかった。確かに、来てもらったところで、ミス・サヴェージのためにできることはほとんどない。ルイーザは毎日体温と脈拍をはかり、きちんと薬をのませ、ストレスの少ない生活が送れるように気を配った。それでも、この程度の仕事で給料をもらってはいけないのではないかという心苦しさが常につきまとっていた。だがその一方で、ミス・サヴェージの病状が少しでも悪化したら、すぐに医師に知らせるためにこうしているのだと自分に言い聞かせた。

しかし、フラットに戻ったとき、病状が悪化するかもしれないなどと考えるのは取り越し苦労かもしれないと思い直した。ミス・サヴェージは窓辺の椅子に座り、ソリティアというトランプの一人遊びをしていた。ゲームに没頭しきっているその姿は、とても病人とは思えなかった。その晩、ミス・サヴェージはずっと愛想がよく、明日は自由に出かけていいと言ってルイーザを驚かせた。「私が起きたら、十一時くらいに出かけるといいわ。暗くなるまで帰ってこないで。そうね……四時くらいまでは。私は大丈夫よ。気分もいいし、お昼はエイヴァが家に帰る前に用意してくれるでしょうし。どっちみち、午後はお昼寝をしているだけだから」

ルイーザはそううまくいくとは思えなかった。「でも、午後だれかが電話してきたら、どうなさるんです？　電話に出る人がいないじゃないですか」

ミス・サヴェージは肩をすくめた。「そんなもの、出なきゃいいのよ。大事な用なら、またかけてくるでしょう？」

どうせ明日の朝になれば気が変わるだろうと思いながら、ルイーザはベッドに入った。だが、ミス・サヴェージの気は変わらなかった。ふだんよりも早く起き、朝食をすませてコーヒーを飲みおえるなり、出かけるようにルイーザをせかした。

「いいこと、四時前になるまで帰ってきちゃだめよ」彼女は楽しそうに声をかけた。

ルイーザはケーブルカーの駅へ向かいながら、エイヴァに残してきた指示を思い出しては、不安に駆られた。しかし、しばらくすると、そんな不安はすっかり吹き飛んだ。これから何時間も自由なのだと思うと、その喜びのほうがはるかに大きかった。

まずはケーブルカーに乗ろう。そして、山頂を散歩してから昼食をとって、午後はウインドーショッピングをしよう。町には大きなデパートがあって、ルイーザは前から行ってみたいと思っていたのだが、ミス・サヴェージはまったく興味を示さなかった。そのあとは、エイヴァお勧めのティールーム〈ライマーズ〉で午後のお茶を飲もうと決めた。ほかにもまだ見たいものはたくさんある。だが、バージェンハス城と水族館と、ノーダスヴァン湖のほとりにある作曲家グリーグの生家は、またの機会に訪ねるしかない。美術館も行くとなれば一日がかりだろう。ルイーザはケーブルカーの駅までの坂をのぼり、切符を購入して車両に乗りこんだ。座席に座ったとき、うれしくて思わずため息が出た。

ケーブルカーに乗るのは初めてだったが、高さに怯《おび》えることもなく、首を伸ばしてあたりを見まわした。頂上に着くと、すばらしい景色が待っていた。フィヨルドと山々の絶景に、ルイーザは目をみはった。そのあと、網の目のように張りめぐらされた遊歩道を歩きまわった。どの景色も息をのむほどの美しさだった。歩き疲れるとレストランに入り、スープとオムレツとコーヒーの昼食をとった。そして再びケーブルカーに乗り、山を下りた。

すでに午後になっていたが、フラットまではほんの十分程度で帰れるので、あわてる必要はなかった。店のショーウインドーに並んでいる銀のアクセサリーや陶器や美しい木彫り細工を眺めた。さらにブティックで冬物を物色したあと、念願のデパート〈サンド〉に行った。三十分ほど精力的に見てまわったものの、買うのはまた今度にしようと決めた。そろそろフラットに帰る時刻が近づいていた。でも、その前に紅茶を一杯飲むくらいの余裕はある。ルイーザは目当てのティールームを見つけ、紅茶とクリームケーキを注文して、ゆっくりと味わった。店にはイギリスの新聞も置いてあったが、それを読んでいると、かえって故郷がはるか遠くに感じられた。

ルイーザはしぶしぶ腰を上げ、フラットに戻った。それでも、今日一日外出できてすっかり満足していた。たとえミス・サヴェージが不機嫌でも、まったく気にならないだろう。むしろ、今日見てきたさまざまなものについて話したくてわくわくしていた。ただ、その幸せな気分も、フラットの階段を途中までのぼったところで消え失せた。人の声が耳に飛びこんできたのだ。男性のどなり声、ミス・サヴェージのすすり泣く声。あわてて階段を二段ずつのぼり、ドアを静かに開けた。居間のドアは半開きになっていた。

ミス・サヴェージはソファに突っ伏し、声をあげて泣いていた。もう長いこと泣きつづけているのだろう、まぶたが赤く腫《は》れ、ときおり苦しげにしゃくりあげている。ルイーザの姿を見ると、泣きからした声で言った。「ルイーザ、よかった、帰ってきてくれたのね！」

ルイーザはソファのそばに立っている男性を見て、ショックを覚えた。長身で痩《や》せていて、髪は黒く、顔立ちはきりりとして、鷲鼻《わしばな》ぎみだ。それよりなにより、怒りでおかしくなった表情で、全身に激情をみなぎらせている。ルイーザは深呼吸をしてから口を開いた。

「どなたか存じませんけど、すぐにここを出ていってください。ミス・サヴェージはご病気なんです。だれであろうと、こんなふうに興奮させるなんて非常識ですわ」ルイーザはドアを開け、顎をつんと上げて、男性の黒い瞳をまっすぐに見つめた。

「君は看護師か？」彼は険しい口調で尋ねた。「私はクラウディアの兄だ。これは家族の問題なんだ。口をはさまないでもらいたいね」

「いいえ、言わせていただきます、ミスター・サヴェージ。妹さんのことは脅して思いどおりにできるかもしれませんけど、私はそうはいきませんから」ルイーザはさらにドアを大きく開けた。「出ていってください」

ミスター・サヴェージはドアのノブをルイーザの手から奪い、ばたんと閉めた。「だったらきくが、看護師さん、妹の病気とはいったいなんなんだ？　主治医から話は聞いたのか？　君を雇ったとき、妹はちゃんと説明したのか？　こっちの医者はなんと言っていた？」

ルイーザは口を開きかけたが、ミス・サヴェージがまた大声で泣きだしたので、結局なにも言えなかった。急いでミスター・サヴェージのそばをすり抜け、ミス・サヴェージに歩み寄って、顔をふいてやった。そして、彼女をクッションにもたれさせてから、もう一度ミスター・サヴェージの方に向き直った。

「妹さんは胆管がつまってしまうご病気なんです。慢性的な消化不良もあります。あなたが妹さんをノルウェーに呼び寄せたとうかがっています。おそらく静養にいいからというお気遣いでしょう。おかげさまでこの一週間はだいぶよくなっていたんです。でも、こうしてお見舞いに来られることが、妹さんの回復に役立つかどうかは疑問ですね。むしろその逆だと思いますけど」

ミスター・サヴェージはその言葉を一笑に付した。「君はまだ若いな。看護師になりたてのほやほやなんだろう?」

どんなに腹立たしくても、答えなければならない。私の給料を支払うのはこの男なのだ。

「一カ月ほど前に正看護師になりました」

ミスター・サヴェージはまた嘲《あざけ》るように笑った。ルイーザは怒りで顔がほてった。「さぞかし優秀な看護師なんだろうが」彼は皮肉っぽい口調で言った。「明らかに経験が足りないな。クラウディアにはおあつらえ向きだったというわけだ」

「おっしゃっている意味がわかりませんが」

「わからないのか? だったら、クラウディアをベッドに寝かせるんだ。感情的になって疲れただろう。エイヴァに、お茶をいれてクラウディアに持っていくように伝えてから、ここに戻ってくるんだ。話をしよう」

「お話しする必要はないと思います」

「必要はないかもしれないが、雇主は私だということを忘れないでほしいね。たとえ採用を決めたのが妹でも」彼は穏やかに言うと、戸口へ行ってドアを開け、ルイーザを待った。少なくとも表情に怒りの色は浮かんでいないようだが、危険であることに変わりはなかった。

ルイーザはミス・サヴェージを立たせてドアの方へ向かった。戸口まで来ると、かすかに震える声で言った。「あなたって、本当にいやな人ですね、ミスター・サヴェージ」

ミスター・サヴェージは鼻で笑った。「それじゃ、看護師さん、三十分後に戻ってきてくれるね?」

ルイーザは答えなかった。

3

三十分で落ち着きを取り戻すなんて、むちゃだわ。ルイーザは居間に向かいながらそう思った。とはいえ、内心不安をかかえていても、うわべはあくまでも平静を装った。

ミスター・サヴェージは窓辺に立ち、ポケットの中の小銭をじゃらじゃらいわせながら、外を眺めていた。その姿を見て、ルイーザはかすかな希望を抱いた。ひょっとしたら機嫌が直っているのかもしれない。けれど、彼が振り返ったとき、考えが甘かったと思い知らされた。相変わらず虫の居所は悪いようだ。それでも、表向きはなんとか冷静さを保っている。彼は氷のように冷たい口調で言った。「やっと来たか。おじけづいて逃げ出したかと思ったよ」

ふだんは穏やかな性格のルイーザも、そろそろ我慢の限界だった。彼女は落ち着いた声で応じた。「なににおじけづくことがあるんでしょう。確かに、大声を出されたり脅されたりするのは愉快ではありませんけど、結局のところ、そんなものにはなんの意味もありませんから」

ルイーザは部屋を横切り、小さくて固めの椅子に腰を下ろした。そのほうが毅然《きぜん》とした態度を示すのにいいと考えたからだ。

ミスター・サヴェージは値踏みするように目を細めた。「なかなか賢いことを言うな。君に二、三ききたいことがある。正直に答えてもらいたい」

ルイーザはまっすぐに彼を見つめ返した。「患者については嘘《うそ》は申しません」

ミスター・サヴェージは皮肉っぽく笑った。「その言葉を信じるしかなさそうだな。ではきくが、なぜ妹は君を雇ったんだ？」

ルイーザは目をまるくした。「もちろん、旅行に同行する看護師が必要だったからですわ」

「ほかに応募者はいなかったのか？」

「もちろんいましたけど、妹さんの話では、みんな年上の方ばかりで、年下の看護師をさがしていらっしゃるということでした」

「年下で経験の浅い者ということだな」

ルイーザはその侮辱を聞き流すことにした。「なぜそんなことをおききになるんです？」

「質問をするのはこの私だ。名前はなんという？」

「エヴァンズです。ルイーザ・エヴァンズ」

「それじゃ、エヴァンズ看護師、妹の主治医には会ったんだろうね？」

「もちろんです。ミス・サヴェージのご病気について説明をうかがいましたし、看護に関する指示もいただきました」

ミスター・サヴェージは鋭い目でルイーザを見た。驚きに、眉をかすかに上げている。

「では、妹について知るべきことは全部知っていると言うのか？」

ルイーザは冷ややかな目で彼を見た。どうせ、若くて経験不足だから、この仕事は務まらないと思っているのだろう。彼女は息を吸い、ミス・サヴェージの病状について細かく説明したあと、言い添えた。「医学用語がおわかりにならないようでしたら、わかりやすいように……」

ミスター・サヴェージは険しい表情でルイーザをにらみつけた。「エヴァンズ看護師、あまり人をばかにすると、ためにならないぞ。私が君の立場なら、そういう言動は慎むね」

「別にばかにしているわけではありません。医学がご専門ではいらっしゃらないんでしょう？」

「私は橋の建設に携わる技術者だ。まあ、私がなぜ君にこんな質問をしているのか、今はまだ理解できないのかもしれないな」

「ええ、理解できません」ルイーザは立ちあがった。「ただ、私には妹さんの世話をまかせられるほどの経験も知識もないと、あなたが思っていらっしゃるのはわかりました。言いたいことをおっしゃって、さぞかし胸がすっきりなさったでしょうね。妹さんの病状は、この数日、少しよくなっていたんです。それなのに、どうしてあんなふうに妹さんの心をかき乱すようなことをなさるんですか？　生意気を申しあげるつもりはありませんが、こんなふうにお見舞いにいらっしゃることに意味はあるんでしょうか？」気がつくと、言葉が口をついて出ていた。「ミス・サヴェージがなぜノルウェーまで来なければならなかったのか、私にはさっぱりわかりません。イギリスのどこかにお住まいがあるはずでしょう？　ずっとロンドンのホテル暮らしだったわけではないはずです。妹さんは、あなたに呼び寄せられたとおっしゃっていました。でも、私には無意味に思えてなりません。あなたはここから遠く離れたところで働いていらっしゃるんですよね？」

ルイーザが話している間に、ミスター・サヴェージはそばに近づいてきた。ルイーザは手近な椅子のうしろに隠れたい衝動に駆られたものの、意地でも動くわけにはいかなかった。そのとき、彼がなにか大事なことを言おうとして、思い直したように見えた。結局、彼は言った。「妹をこの国に呼び寄せたのは、必要に応じてようすを見に来られるからだ。我々兄妹《きょうだい》の仲があまりよくないのは、君の耳にも入れておくべきだろうな。クラウディアは義理の妹だ。年はほとんど変わらない。長年やもめ暮らしをしていた父が彼女の母親と再婚したんだよ。クラウディアとはそのとき初めて会った。血のつながりはないが、同じ姓を名のっている以上、妹の行動には私なりに責任がある」彼はルイーザを見おろし、かすかにほほえんだ。「ここに到着してから、医者の診察は受けたのか？　私のほうで手配はしたんだが――」

ルイーザは業を煮やしてミスター・サヴェージの言葉をさえぎった。「ええ、お医者様はいらっしゃいました。電話番号もいただいています」

「こちらの医者の診断も同じようなものだったんだろう？」ミスター・サヴェージの低い声はいらだちを含んでいた。

「はい。これまでどおりようすを見て、もしなにか問題があれば連絡してほしいとのことでした」

ミスター・サヴェージはようやくルイーザから離れて、再び窓辺に立った。「ここでこうしていてもしかたがない」しばらくしてそう言うと、眉間《みけん》にしわを寄せて彼女の方を振り返った。「自分がしているのが正しいことなのかどうか、わからなくなる……」

「わからなくなって当然ですわ」ルイーザはきっぱりと言った。「ミス・サヴェージをあんなに興奮させて……。穏やかにふるまえないのなら、どうしてわざわざいらっしゃるのか、私にはわかりません。ご用があれば電話ですますことだってできるでしょう」

「君はなかなかいい娘《こ》だが、どうやら私たちの会話はどこまでいっても嚙《か》み合いそうにないな」ミスター・サヴェージはドアに向かった。「折にふれて電話をするから、状況を報告してくれ」ポケットから手帳を取り出し、番号を書いて、そのページを破り取る。「なにかあったら、この番号に連絡してほしい」彼はルイーザの顔を見て、愉快そうに笑った。

「まあ、そのつもりはないようだな。私のことを意地悪な暴君だと思っているらしいから」

「ええ、そのとおりです」ルイーザは平然と言い放った。だが、ミスター・サヴェージが出ていってしまうと、部屋の中はなぜか火が消えたように寂しく感じられた。

小さな物音がして、ルイーザははっと我に返った。振り返ると、ミス・サヴェージが戸口に立っていた。

「帰った?」ミス・サヴェージはずる賢い笑みを浮かべた。「私、本当はあそこまでヒステリックじゃないのよ。あんな大騒ぎするほどにはね。兄に帰ってほしかったから、ああしたの」彼女は手をもみ合わせながら、なだめるように言った。「怒ってないわよね? 兄はなにか失礼なことを言った?」

はいと答えるべきところだったが、なぜかいいえと答えていた。「お兄様は、ミス・サヴェージが落ち着かれたかどうか見にいらしただけですわ。心の中では気遣っていらっしゃるんだと思います。具合はどうかとおききになっただけでした」

ミス・サヴェージはくすくす笑った。「それはそうでしょう! 友達のことはきいてた? 私をここに送ってきた人たちのこと?」

「いいえ」初めて見るミス・サヴェージの表情に、ルイーザは不気味なものを感じた。

「それはよかったわ。あなたに口止めするのを忘れてしまったから。兄はあの人たちが嫌いなのよ」

それも無理はない、とルイーザは思った。彼女自身、ああいう騒々しい人たちはあまり好きになれなかった。

「とにかく、兄はこれで当分やってこないわ」ミス・サヴェージは満足そうに言った。「どこか奥地の方で新しい橋を建設するそうだし、雪が降りはじめれば、移動も楽じゃなくなるでしょうからね」

ルイーザはそうは思わなかった。国内線の航路は全国に張りめぐらされている。何事にも興味を持つ性格から、旅行代理店に行ってパンフレットをいろいろと集めてきたので、今ではかなり知識が豊富になっていた。新聞スタンドの売り子が親切に教えてくれたところでは、毎日、定期船がロシア国境まで行き交い、かなり小さな村々にも停泊するそうだ。雪が降ったところで、ノルウェーの人々の生活が変わるとは思えない。彼らは何十年も前からこの土地で暮らしている。厳寒の気候にどう対処するかは、十分心得ているはずだ。

そこでふと、別の問題を思い出した。「この町で冬を越すことになるんですか?」

「もういやになった?」ミス・サヴェージは、無理もないわと言わんばかりの顔をした。「お給料を上げるように兄に頼んでみるわ。お願いだからやめないで、ルイーザ」

ルイーザはにっこりした。「そんなつもりはありませんし、ぜんぜんいやになんかなっていません。ここは本当にすてきなところです。ただ、もっと暖かい服を買ったほうがいいかと思いまして。もうそろそろ十一月ですから、ダウンジャケットや裏に毛皮が張ってあるブーツを用意しようかなと」

「なんだ、そんなこと」ミス・サヴェージはファッション誌の『ハーパーズ・バザー』を手に取り、ページをめくった。「毛皮のコートを買えばいいじゃないの。あと二週間でお給料日のはずよ。そういえば、兄もそのことでなにか言っていたわね。私は聞いていなかったけど。お給料日が何日かは知っているでしょう？　ベルゲン銀行へ行って、ええと、なんて名前だったかしら……どこか、このへんに書いてもらったんだけど」彼女は雑誌を裏返した。「これこれ、ヘルゲセンって人。兄ったら、あなたのお金まで監視させるつもりらしいわ。まったく、なにからなにまで管理しなきゃ気がすまないんだから！　使いきれないほどのお金を持っているくせに、私にはなんとかぎりぎり暮らしていく程度のお金しかくれないのよ」

さっきの印象の悪さから考えて、ミスター・サヴェージが意地悪なのは間違いないとルイーザは思った。ただ、見たところ、ミス・サヴェージの生活はかなり優雅だ。ミンクのコートやイタリア製の手縫いの靴、この豪華なフラットを見る限りでは、窮状を訴えられても、あまり説得力はない。

「部屋がちょっと散らかっているの」ミス・サヴェージは雑誌からちらりと顔を上げた。「いい子だから片づけてくれる？　私、なんだか疲れちゃった」

ルイーザはミス・サヴェージの寝室へ行った。彼女は根っからの怠け者だ。ただ、病気の回復期が、重い症状で苦しんでいるときと同じくらい大変なものだということは、患者たちを見てよく知っている。ミス・サヴェージの寝室は、大地震に見舞われたかのような惨状を呈していた。寝具や家具に怒りをぶつけたらしく、枕《まくら》や羽毛布団があちこちにほうり出され、香水瓶の一つは粉々に砕け散っている。高価なクリームの容器が床にころがり、中身が絨毯《じゅうたん》に飛び散っていた。

ルイーザは部屋を片づけた。ガラスの破片を拾い集めたり、絨毯からクリームをふき取ったりするのに、かなり時間がかかった。居間に戻ってみると、ミス・サヴェージは雑誌を床に落として眠りこんでいた。ルイーザは彼女を眺めながら、こうして口を開けて眠っていても、なんて美しいのだろうと思った。眉間にはかすかにしわが寄り、顔が少しむくんでいるように見えるのは、長いこと泣き叫んでいたせいだろう。このまま一時間ほど眠らせておくことにして、エイヴァと夕食の相談をするためにキッチンへ行った。

しばらくして起こしに行ったとき、午後の騒ぎが嘘のように、ミス・サヴェージはすっかり落ち着きを取り戻していた。そして、これから数日間の計画について楽しそうに話し、美術工芸博物館へ行こうとまで言いだした。すでにこの町の美術館や博物館のいくつかは冬季の長い休みに入っている。もし美術工芸博物館へ行きたいのなら、ここ一、二週間が最後のチャンスだった。

「だって、ほかにおもしろそうなところがないんだもの。たしか、ピアノリサイタルがあったわね。あなたは好きかどうか知らないけど。あとは映画……そうだわ、私、服を買わなきゃ」ミス・サヴェージはあくびをした。「この先は憂鬱《ゆううつ》な季節になりそう」そこでルイーザの問いかけるような視線に気づいて言い添えた。「あ、でもロンドンには帰らないわよ。帰ったら兄に仕送りをとめられてしまうもの。それがないと、生活できないのよ」

ルイーザは試しに言ってみた。「でも、お体の調子がよくなったら、働くことだってできるんじゃありません？　ファッションにお詳しいから、ブティックのお仕事なんて向いていらっしゃるかもしれませんね」

ミス・サヴェージはまぎれもない恐怖の表情でルイーザを見た。「働く？　私が？　ルイーザったら、頭がどうかしてしまったの？　働けるわけないじゃないの。あなたみたいな人は大丈夫でしょうよ。最初から自分で生計を立てるものだって思っているから。きっと、結婚しても仕事をしたがるんでしょうね。私なんて外で仕事をしたら死んでしまうわ」そして、念を押すようにつけ加えた。「それに、まだ体の調子だってよくないし」

ルイーザはそれについて議論するつもりはまったくなかった。そこでキッチンへ行って、エイヴァが用意してくれたスープを温め、オーブンの中のキャセロールの焼き具合を確かめた。ミス・サヴェージには相変わらず好感を持てないものの、気の毒に感じてはいた。人生の楽しみの大部分を逃しているように思えた。だいたい、だれが好きこのんでロンドンになんか帰りたがるのだろう？　ルイーザに言わせれば、このベルゲンの町を自由に散策できるのなら、ロンドンなんてどうでもよかった。したいことはいくらでもある。劇場にも行ってみたいし、映画も見たい。店やカフェに行って、そのうちスキーにも挑戦してみたい。近くのスキー場では、初心者向けのレッスンも受けられると聞いている。ただ、そのためにはまずミス・サヴェージを説得して、週に一日でも休日をもらわなければ。

翌朝、ミス・サヴェージはいつもどおりほとんど朝食を食べず、起きることもおっくうがった。だが、いったん着替えてしまうと、ルイーザの誘いに応じて、ミンクのコートとおそろいの帽子を身につけた。よく晴れた日だったが、気温は低かった。〈ライマーズ〉でコーヒーを飲んだあと、一時間ほど商店街を見てまわった。博物館に行く予定は、当然のことのように忘れ去られていたが、ルイーザとしては、ミス・サヴェージを戸外に連れ出すことができただけでうれしかった。ミス・サヴェージもとくに文句は言わず、昼食どきにはルイーザに、午後は休みにしてあげると言いだした。

「だいぶ寒くなってきたから、この間言っていた冬物を買ってくるといいわ。お金はあるんでしょうね？　私は立て替えてあげられないわよ」

そこでルイーザは、ミス・サヴェージが山のようなペーパーバックと膝掛けを持って居間のソファに落ち着くのを見届けてから、買い物に出かけた。〈サンド〉で思い描いていたとおりの服を見つけたばかりだったので、まっすぐ目的の売り場へ行った。それは、フードがついたグリーンのダウンジャケットだった。さらに、厚手の茶色のスラックスと革のブーツ、ざっくりしたウールのセーターとおそろいのミトンや帽子も買い求めた。全部合わせるとかなりの額になったものの、この国に来てからほとんどお金を使っていなかったうえ、給料日はもうすぐなので、問題はなかった。ルイーザはすっかり満足し、〈ライマーズ〉で紅茶を飲んだ。北の方ではこの数週間雪が降りつづいていると、気さくなウエイトレスが教えてくれた。ベルゲンの町にもいつ降りだしてもおかしくないらしい。ルイーザは夕闇《ゆうやみ》に包まれた通りを足早にフラットに戻った。

フラットに着くと、すべての窓に煌々《こうこう》と明かりがともっていたので、なんとなくいやな予感がした。玄関のドアを開けたとたん、その予感は現実のものとなった。ミス・サヴェージは客をもてなしていた。階段をのぼっているときから、すでに騒がしい会話や甲高い笑い声が聞こえていた。居間のドアを開けなくても、だれが来ているのかはわかった。

ルイーザがたばこの煙が立ちこめた部屋に入ると、客はいっせいに彼女の方を見た。みんな手にグラスを持っている。椅子の肘掛けに腰を下ろしたミス・サヴェージだけは、なにも飲んでいなかった。

三人がいっせいにルイーザに大声で挨拶《あいさつ》をした。それから、ミス・サヴェージが言った。

「ほら、私、偉いでしょう、ルイーザ？　飲まないで我慢しているのよ。それにしても、シェリーを買っておいてよかったわね。ちゃんと役に立ったじゃない？」ミス・サヴェージはくすくす笑い、客も一緒になって笑い声をあげた。ルイーザ一人が顔をこわばらせていた。まじめすぎるのはわかっているが、とても笑う気分ではなかった。不思議なことに、まず思い浮かんだのはミスター・サヴェージのことだった。ロンドンの友人たちが訪ねてきたと知ったら、彼はきっとかんかんに怒るだろう。客の笑いがおさまると、ルイーザは落ち着いた口調で挨拶し、シェリー酒の勧めを断った。

次に口を開いたのは、女性の友人だった。たしか名前はコニーだ。彼女は甲高い声でルイーザをなだめた。「クラウディアはずいぶん元気そうになったわね、看護師さん。あなたのおかげよ。私たち、クラウディアがちゃんとやっているかどうか、ようすを見に来たの。〈ノルゲ〉に二晩泊まる予定よ。今夜は彼女を夕食に連れ出したいんだけど、かまわないでしょう？　無理をさせないように、ちゃんと気をつけるから」

ここでなんと言おうと、彼らが予定を変えるはずもなかった。ルイーザはきびきびと答えた。「もちろんかまいませんわ。ただ、帰りはあまり遅くならないようにお願いします」客たちは顔を見合わせている。若いくせに、人に指図をするのが好きな娘だと思っているのだろう。これが病院だったら、患者や見舞い客たちは黙って看護師に従うしかないのだが。

「起きて待っていなくてもいいわよ」ミス・サヴェージが言った。「ねえ、いい子だからお風呂の支度をしてくれない？　着替えをしなくちゃ」

ミス・サヴェージが入浴している間、エイヴァが客にコーヒーを出した。ルイーザがキッチンでエイヴァと翌日の食事について相談していると、ミス・サヴェージがワンピースのファスナーを上げてほしいと声をかけた。ルイーザは彼女の寝室へ行った。ミス・サヴェージは珍しく、妙に静かだった。

「大丈夫ですか?」ルイーザはさりげなく尋ねた。「あまり気が進まないのなら、みなさんと一緒にここでお食事ができるよう、エイヴァとご用意しますけど」

ミス・サヴェージはブローチをつけるのにてこずっているようだった。「大丈夫に決まっているじゃないの。変に気をまわさないでよ」彼女はミンクのコートを手に取った。「ほかにろくな楽しみもないんだから」

ミス・サヴェージと友人たちが出かけてしまうと、フラットの中は天国のように平和になった。エイヴァが帰ったあと、ルイーザはキッチンから一人分の夕食を居間に運び、テレビの前で食べた。テレビはとくに見ているわけでもなく、なんとなくつけているだけだった。別に寂しかったからではない。考えることはたくさんあった。ミス・サヴェージのようすがなんとなく妙だったのがずっと気にかかっていた。付添看護を始めてからの日々を振り返ってみると、ミス・サヴェージの態度はまったく一貫性を欠いていた。たった今はしゃいでいたかと思えば、一時間後にはぐったりとしてなにもやる気がしなくなったり、そうかと思えば、突然理由もなく泣いたり怒ったりする。

十時近くに電話が鳴った。ルイーザはあわてて受話器を取った。ミス・サヴェージが消化不良を起こして苦しんでいるのではないか、あるいは、急な頭痛に悩まされているのではないかと思ったからだ。しかし、受話器の向こうから聞こえてきたのは、ルイーザが一番聞きたくない声だった。

「エヴァンズ看護師か？　妹を出してくれ」

一瞬不意を突かれたものの、ルイーザはすぐに立ち直って言い返した。「こんばんは、ミスター・サヴェージ。あいにく、ミス・サヴェージはお出かけになっています。お友達とご一緒に」

ミスター・サヴェージは険しい口調になった。「君の知っている連中か？」

「ええ、イギリスからいらしたお友達です」そう言ったとたん、ルイーザは後悔した。ミス・サヴェージは、友人たちがここに送ってきたことを兄に知られたくないと言っていた。だが、もう手遅れだ。

ミスター・サヴェージの声はさっきほど険しくはないものの、なんとなく不機嫌だった。

「いつ来たんだ？」

「今日の午後です。私が出かけているときに」

しばらく重苦しい沈黙が続いた。

「君が知っている連中だということだったな？」

「ミス・サヴェージがロンドンのホテルにいらしたころ、そちらでお会いしました」

「そういうことか。コニーとウィリーとスティーヴだな？」

ルイーザはほっとため息をついた。「よかった、お兄様もご存じの方たちなんですね。だったら安心です」

「知ってはいるが、安心というわけじゃない。あの連中を遠ざけるのも、クラウディアをノルウェーに呼び寄せた理由の一つだ。君だって、見ていればわかるだろう。ああいう連中は、クラウディアのように……」ミスター・サヴェージは言いよどんだ。「療養中の人間がつき合う相手としてふさわしくないからな。君はなぜ一緒に行かなかったんだ？」彼は責めるような口調で言った。

「そう命じられなかったからです」ルイーザも語気を強めて言い返した。「私は看護師で、看守ではありません」

「それはそれは失礼した」ミスター・サヴェージは皮肉たっぷりに言った。「連中がどれくらいベルゲンに滞在するかはわかるか？」

「〈ノルゲ〉に二晩泊まるとおっしゃっていました。この近くにあるホテルなんですが……」

「そこなら私も知っている。連中が帰るまで、君はできるだけ妹についていてくれ。私は今ここを離れることができないから、君だけが頼りだ」

ルイーザは冷ややかに応じた。「できる範囲のことはいたします、ミスター・サヴェージ」

それに対する反応は、嘲《あざけ》るようにうなる声と電話の切れる音だけだった。

あまりにも無礼な態度に、ルイーザはあっけにとられた。「タイプは違うけど、いやな男という点では、フランクといい勝負だわ」口に出してぼやきながら再び腰を下ろし、ミス・サヴェージの帰宅を待った。

ミス・サヴェージが帰ってきたのは真夜中近くだった。しかも、友人たちは最後にもう一杯飲もうと中に入ってこようとした。ルイーザはその前に立ちはだかり、おやすみなさいときっぱり告げてドアを閉めた。ミス・サヴェージは、すばらしい夜だったと上機嫌に話した。料理は最高においしかったけれど、アルコールは白ワイン一杯しか飲まなかったとも。

「ね、私って本当にいい子でしょう？」寝かしつけようとするルイーザに、ミス・サヴェージは得意そうに言った。「明日はみんなでランチを食べてから、トロルハウゲンにグリーグの家を見に行くの。あなたは一緒に来たくなんかないわよね？」

「もちろん行きたいですわ」ルイーザはすぐさま答えた。ミス・サヴェージが一緒に来てほしくないのは承知のうえだ。「誘っていただいてありがとうございます」

ミス・サヴェージの怒りにゆがむ顔を尻目に、ルイーザはミスター・サヴェージから電話があったことを伝えて寝室を出た。

翌日、一日が終わりに近づくころには、招かれざる客というのはこうもつらいものかと身にしみていた。朝、ミス・サヴェージを迎えに来たときの友人たちの表情もかなり険悪だったが、ミス・サヴェージ自身の機嫌の悪さはそれにもまして ひどかった。だが、ルイーザはミスター・サヴェージの命令を肝に銘じ、冷たく扱われようが嘲られようが、ひたすら無視することにした。そして、そんなものは気にせずに昼食をとことん楽しもうと決めた。メニューはロブスターのスープと、こくのあるソースで味つけした鱈《たら》だった。からりと揚げたポテトとたっぷりの野菜も添えられている。食後のアイスクリームは蜂蜜《はちみつ》とファッジ入りで、ホイップクリームがかけられていた。こんな状況でも、そのおいしさが損なわれることはなかった。

そのあとはレンタカーの後部座席に座り、みんなから完全に無視されたまま、海辺にあるグリーグの家へ向かった。冬の間、内部の公開は休止されているものの、フィヨルドの前に立つその家は、とても美しかった。ミス・サヴェージはコニーと手をつなぎ、男性二人を従えて歩きながら、ルイーザに声をかけた。「お墓がどこかにあるはずよ。あと、小さな教会も森の中にあるらしいわ。歩いて数分だそうだから、行って見ていらっしゃいな。大丈夫、あなたを置いて帰ったりしないから」

ルイーザは一人で歩きだした。ダウンジャケットを着ていても寒いので、つい早足になった。グリーグの墓はすぐに見つかった。彼の妻の墓もその隣にあった。小道をたどっていくと、教会に行き着いた。奇妙な形にとがった屋根が東洋の寺院を思わせる。ここも冬の間は公開されておらず、ひっそりとしていた。中を見たければ、五月からの観光シーズンを待つしかない。でも、静かな冬の間に来られて、むしろよかったと、ルイーザは思った。そして機会があったら、できれば雪景色が見られる時期にまた訪ねてこようと心に決めた。

フラットに戻ったとき、ミス・サヴェージが友人たちの夜遊びの誘いを断ったので、ルイーザは驚いた。ミス・サヴェージは疲れたから早くやすみたいと言いだした。そして、友人たちが帰ったあと、紅茶を持ってきてくれないかとルイーザにしおらしく頼んだ。ルイーザが紅茶を運んでいくと、ミス・サヴェージはソファでうたた寝をしていた。ルイーザは降りだした初雪を窓辺で眺めながら、かわりに紅茶を飲んだ。一時間後に目覚めたときも、ミス・サヴェージの朗らかさは変わらなかった。

「夕食の前に少しベッドで寝るわ」彼女は愛らしくあくびをした。「ずいぶん忙しい一日だったものね。でも楽しかった。みんな、明日には帰るのよ。ねえ、ルイーザ、またシェリーを買ってきてくれないかしら。お客様が来るかどうかはわからないけれど、一本もないんじゃ不安だし、お医者様が往診に見えたときに一杯お飲みになるかもしれないでしょう?」彼女は上半身を起こし、伸びをした。「昨日電話をしてきたとき、兄は怒ってた?」

ルイーザは少し考えた。彼女に言わせれば、ミスター・サヴェージは怒っていないときがなかった。「驚いていらっしゃいました。お疲れになって、せっかく回復していらっしゃるのがまた元どおりになってしまうんじゃないかと心配なさって。とくに怒っているふうではありませんでしたわ。ただ、申し訳ないんですが、お友達のことをお話ししてしまいました。どちらにいらしたのかきかれたので、ほかに答えようがなくて」

ミス・サヴェージは横目でルイーザを見た。「それはそうよ。しかたがないことだわ。気にしないでちょうだい。あの人たちが明日帰ることも言ったんでしょう?」

「はい」ルイーザは立ちあがった。「それじゃ、お風呂の用意をしてきますね。お夕食に、なにか召しあがりたいものはありますか?」

「お昼をたっぷりいただいたから、おなかはすいていないわ」

翌日、ミス・サヴェージは午前中をベッドで本を読んで過ごした。そして昼食がすむと、ルイーザにシェリー酒を買ってきてほしいとせがんだ。

「すぐに暗くなってしまうし、また雪が降ってくるわ。今のうちに行ってきたほうがいいわよ」

ルイーザはダウンジャケットを着こみ、毛糸の帽子を耳までしっかり引きおろして、うきうきと出かけた。セントラルヒーティングの効いたフラットの外に出て、新鮮な冷たい空気を吸うのは心地よかった。鉛色の空から降ってくる粉雪が、町の景色を美しく彩っている。ミス・サヴェージは、急ぐ必要はないから帰りにコーヒーでも飲んでくるようにと言っていた。

シェリー酒を買ったあと、ルイーザはイギリスの新聞を買い求め、手紙を投函《とうかん》した。通りはすでに暗くなりはじめているものの、店の中は明るく照らされ、通行人も多かった。〈ノルゲ〉の前を過ぎ、小さな広場を横切って、いつもの〈ライマーズ〉に入った。ルイーザは紅茶とクリームケーキを注文し、新聞の見出しを眺めながら味わった。外に出たときには、かなり暗くなっていた。

フラットに着くと、部屋の明かりがともっていた。中はしんと静まり返っている。ルイーザは開いた寝室のドアから中に入った。

ミス・サヴェージは大きな寝息をたてながら、ぐっすりと眠りこんでいた。頬が紅潮している。ベッドに近づくと、ルイーザの苦手な甘い香水の香りがした。そのとき、ミス・サヴェージが目を開けた。

「なにをこそこそしているの?」彼女はきつい口調で尋ねた。「兄からスパイしてくれって頼まれたの?」

ルイーザは背筋を伸ばした。「とんでもない! お兄様はそんなことはおっしゃっていませんわ。あんまり深く寝入っていらっしゃるし、お顔に赤みが差していたので、熱でもあるんじゃないかと心配になっただけです」

ミス・サヴェージの眉間のしわはまたたく間に消え、愛らしい笑みが浮かんだ。「私のこと、本当に心配してくれているのね、ルイーザ。ちょっと疲れただけよ。でも、もうゆっくりやすんだから、そろそろ起きるわ」

その晩、ミス・サヴェージはずっと機嫌がよかった。夕食後、居間で雑誌を読む彼女のかたわらで、ルイーザは編み物をしていた。

するとミス・サヴェージが突然言いだした。「すっかり忘れていたわ。明日、銀行へ行って、私のお金を引き出してきてちょうだい。兄が恵んでくれるわずかなお金が振りこまれているはずだから。あなたのお給料はまだなの？」

「来週です」複雑な編み目に差しかかっていたルイーザは、眉を寄せて答えた。

ミス・サヴェージは雑誌をほうり出してルイーザの手元を見ている。「ずいぶん手際がいいのね」

「それほどむずかしくはありませんし、いい気晴らしになります。編んでみますか？　それとも、このあたりに伝わる豪華な刺繍《ししゅう》を習ってみます？」

「まさか。私なんか五分で飽きちゃう」ミス・サヴェージはあくびをした。「もう寝るわね。こんなところでひと冬過ごすなんて、考えただけでもうんざり。兄ったら、本当に頭にくるわ！」彼女は立ちあがって歩きだし、肩ごしに言った。「十時になるまで起こさないでね」そして、おやすみも言わずに部屋に入った。

翌朝、ルイーザがコーヒーを運んでいくと、ミス・サヴェージはすでに目を覚ましていて、すばらしく上機嫌だった。

「とってもいい気分。ちょっと銀行へ行ってきてくれる？　エイヴァのお給料も払わなきゃならないし、食料品の請求書もたまっているし……」

また雪が降りだしていた。外はまだ完全には明るくなっていなかった。とはいえ、雪を踏み締めながら歩くのも、ルイーザにとっては楽しかった。ベルゲン銀行は、荘厳な趣のある立派な建物だった。ルイーザは広い階段をのぼり、堂々としたドアから中へ入った。そして、一番感じのよさそうな行員のところへ行き、ミス・サヴェージの委任状を渡した。行員はたちまち笑顔になった。

「ミスター・ヘルゲセンにお会いになってください」行員はそう言って、かたわらのベルを鳴らした。

ルイーザは案内係のあとについて広々した廊下を進み、オフィスに通された。大きなデスクの向こうに若い男性がいた。ミスター・ヘルゲセンだろう。彼は立ちあがり、手を差し出した。ルイーザは彼の顔を眺めながら、なかなかハンサムだと思った。どことなく野性味をおびながらも、親しみのある表情をしている。瞳はブルーで、髪は短く刈りこまれていた。体はがっしりして、背丈は標準よりやや高い程度。親しみのこもった口調で挨拶され、ルイーザはますます好感を持った。

「ミス・エヴァンズですね？　ミスター・サイモン・サヴェージからお話はうかがっています」ミスター・ヘルゲセンは案内係が持ってきた委任状に目を落とした。「ミス・サヴェージの分のお引き出しですね？」

「はい、お願いします。生活費を下ろしてくるように頼まれまして」

少し間があってから、ミスター・ヘルゲセンは言った。「そうですか。では、必要な額を用意させましょう。どうぞお座りください。よろしかったら、ベルゲンの印象などお聞かせいただけますか？」

ミスター・ヘルゲセンは、会話の相手としてこの上なく感じがよかった。ルイーザは彼と話しながら、ここしばらく満足のいく会話をしていなかったことを思い知らされた。ミス・サヴェージは、口を開けばファッションの話か愚痴ばかり……。ルイーザは夢中になってしゃべりつづけてから、ようやくはっと気づいた。「ごめんなさい。お忙しいところを、すっかりお時間をとらせてしまって。ミス・サヴェージが心配しているといけませんので、そろそろ失礼します」

ミスター・ヘルゲセンは戸口まで見送り、再び握手を求めた。「お会いできてよかった、ミス・エヴァンズ。近いうちにぜひまたお目にかかる機会があればと思います。もしなにか私でお力になれることがあれば、どうぞ遠慮なくおっしゃってください」

ルイーザは胸をときめかせ、ほほえみ返した。「ご親切に、ありがとうございます。よろしくお願いします」

お金をしっかりバッグの中にしまうと、再び寒空の下に出た。けれど、寒さは感じなかった。喜びに包まれて全身が暖かかった。この冬をベルゲンで越すことが、いっそう楽しみになってきた。

ルイーザは、おおぜいの買い物客でにぎわう〈サンド〉の前の通りを横切ろうとした。そのとき、通りの向こうに、コニーによく似た若い女性の姿を見たような気がした。だが、信号が変わり、反対側の歩道にたどり着いたときには、その女性の姿は消えていた。まさか、コニーのはずがない。彼らはもうイギリスに帰っているはずなのだから。ルイーザは足取りも軽く雪の中を歩き、フラットに戻った。それきりコニーについて考えることはなかった。

4

その日の夕方、ルイーザは、昼間コニーらしき女性を見かけたことを思い出した。ミス・サヴェージは午後じゅうふさぎこみ、うたた寝ばかりしていた。

ルイーザはお茶の時間になんとかミス・サヴェージの興味を引いて会話をはずませようと思い、さりげなくその話を持ち出した。すると驚いたことに、ミス・サヴェージは猛然と怒りだした。目をぎらつかせ、中身がこぼれんほどの勢いでティーカップをソーサーに置くと、彼女はわめいた。「なんてばかなことを言いだすの！　コニーを見かけたりするわけがないじゃないの。もうとっくにイギリスに帰っているんだから。あなたはなぜそうやって人のことに首を突っこむの？　私の友達のことが気に入らないからって……」

ルイーザは必死にミス・サヴェージをなだめながら、なぜこんなにむきになるのかと考えた。おそらくホームシックにかかっていて、コニーの名前を出されたせいでたまらなく寂しくなってしまったのだろう。やがてミス・サヴェージは落ち着きを取り戻し、とりとめのないおしゃべりを始めた。ルイーザは調子を合わせて耳を傾けた。

それから数日は意外なほど穏やかに過ぎた。ミス・サヴェージはとても素直で、食事もできるだけとるように努力していた。彼女が拒んだのは外出することだけだ。ただ、雪の中を歩くなんて寒すぎるとかたくなに拒否しながらも、ルイーザには外出するように勧めた。毎日、朝食がすんだところで、出かけていらっしゃいとせっつくことが多くなった。

「だって、今ならつき添っていてもらわなくてもいいもの。十一時まではどうせベッドでうとうとしたり本を読んだりするだけだから」

そんなわけで、ルイーザは毎朝町に出て、昼ごろ帰ってくるのが習慣になった。昼にはミス・サヴェージもベッドから起き出し、居間のソファに移っていた。

ルイーザは寒さも気にせず、町のあちこちを散策した。港の反対側にある、やや時代遅れのショッピングセンターまで足を伸ばしたり、バスに乗って歴史博物館を訪れたりもした。今ではすっかり町の地理にも詳しくなり、ミス・サヴェージがまる一日休みをくれさえすれば、行ってみたいところがたくさんあった。休みをもらう件については二、三度切り出してみたが、そのたびにミス・サヴェージはお茶をにごした。仕事といえば、病人の話し相手になり、薬をのみ忘れないように気をつけるくらいなので、休みをもらえなくても文句は言えないと、ルイーザも半ばあきらめていた。

ある雪の朝、ルイーザはベルゲン銀行へ給料を受け取りに行った。そのときミス・サヴェージに、ついでにお金を引き出してほしいと頼まれた。つい先日、かなりの額を引き出してきたばかりなので、ノルウェーではずいぶん生活費がかかるものだと驚いた。この間と同じ行員に話しかけると、またしてもミスター・ヘルゲセンのオフィスに通された。

今回、ミスター・ヘルゲセンは一人ではなかった。なんと、ミスター・サヴェージが革張りの椅子に座っていた。ルイーザが入っていくと、二人とも腰を上げたものの、前に進み出て握手を求めてきたのはミスター・ヘルゲセンだけだった。ミスター・サヴェージは険しい表情のまま軽くうなずいた。そっちがその気なら、私だって。ルイーザはそう思い、ミスター・サヴェージから顔をそむけてミスター・ヘルゲセンに話しかけた。「すみません。行員さんが勘違いなさったんだと思います。今日はお給料をいただきに来ただけで……」

「いや、勘違いではありませんよ、ミス・エヴァンズ」ミスター・ヘルゲセンはにこやかに言った。「ミスター・サヴェージがあなたに会いたいとおっしゃっていたんです。今日は、そのためにわざわざおいでになったんですよ。もちろん私も、あなたとお会いするのを楽しみにしていましたがね」

ルイーザはおずおずとほほえみかけた。「ありがとうございます。あ、すっかり忘れていましたわ。もう一つ用事がありました。ミス・サヴェージから委任状を預かってきています。お金を引き出してきてほしいとのことで」

二人の男性は顔を見合わせた。「この前いらしたときもお引き出しになりましたよね?」

「ええ」ルイーザは眉をひそめた。「ミス・サヴェージは、問題ないはずだとおっしゃっていたんですが……」

「ええ、もちろんですとも」ミスター・ヘルゲセンは言った。「すぐに手続きをさせましょう。では、委任状をお預かりしますね」彼は手紙を受け取ると、オフィスから出ていった。

ミスター・サヴェージと二人きりになるのは、ルイーザにとってありがたいことではなかった。「そうだわ、私が窓口で受け取れば、それで用がすむんですよね」そう言ってオフィスから出ようとした。

「ミス・エヴァンズ」ミスター・サヴェージが言った。その声は穏やかだったが、妙に迫力があった。「君に話がある」

ルイーザはしぶしぶミスター・サヴェージの方を向いた。意外なことに、彼は笑みを浮かべていた。しかし、親しみのこもった笑みではない。彼女は椅子に腰を下ろし、無言で待った。

「妹の具合はどうだい？」

「ゆっくりですが、回復していると思います。少し情緒不安定なところがあって、ご気分がめまぐるしく変わることもありますけれど、夜はよく眠れるようです。少し寝すぎかと思えるくらい。たいていのことには満足していらっしゃいますが、ここでの暮らしはあまりお好きでないようで、めったにお出かけになりません。でも、この気候では無理もありませんわ」

「君は出かけるんだろう?」

「私は出歩くのが好きですから。この町はとても美しいと思います。雪景色とか、街灯に明るく照らされた町並みとか……」

「よけいなおしゃべりはいい。クラウディアの友人たちがまた訪ねてくるようなことはなかったか?」

ルイーザははっとしてミスター・サヴェージの顔を見た。「だって、あの方たちはもうイギリスにお帰りになったんですよね?」

「確かか?」

ルイーザは言いよどんだ。「ええ……そうでなければ、フラットに来るはずだと思いますし。実は、数日前にコニーを町で見かけたような気がしたんですけれど、すぐに見失ってしまって。たぶん私の見間違いだったんだと思います」

「〈ノルゲ〉に問い合わせようとは思わなかったのか?」

ルイーザはいらだちを抑えて答えた。「彼女の名字を知りませんので」

ミスター・サヴェージは険しいまなざしでルイーザを見てから、受話器を取りあげた。

他人のオフィスで、ずいぶん厚かましいこと。ルイーザは心の中でつぶやいた。まったく、自分を何様だと思っているのかしら。

ミスター・サヴェージの話すノルウェー語がルイーザに理解できるわけもなかった。受話器を下ろしたとき、彼の表情は雷雲のように不穏だった。「三人は昨日の夕方チェックアウトしたそうだ」

「まあ」

ミスター・サヴェージは皮肉っぽい笑みを浮かべた。「君と一緒にフラットへ行かなければならないようだな。妹は、すぐ帰ってこいと言っていたか？」

「二時間ほど遊んでいらっしゃいと言われました。昼食まではどうせベッドで過ごすからと……」

「そういうことか」ミスター・サヴェージは苦虫を噛《か》みつぶしたような顔をした。

ちょうどそのときミスター・ヘルゲセンが戻ってきて、ルイーザはほっとした。彼はミスター・サヴェージをちらりと見てから、ルイーザに目を向けた。「行員に、ミス・サヴェージのお引き出しの分もお渡しするように伝えておきました。あなたのお給料ですが、ミスター・サヴェージが口座を開いてくださいましたよ。外国暮らしで、その、物の値段がまだよくおわかりになっていないかもしれないからというご配慮です。こちらではイギリスよりも物価が高いですからね。もちろん、お好きな額をいつでも引き出せます」彼は笑って言い添えた。「残高があればですが」

「ご親切にありがとうございます、ミスター・ヘルゲセン」ルイーザが振り向くと、ミスター・サヴェージがシープスキンのジャケットを着こんでいるところだった。「ミスター・サヴェージにもいろいろお気遣いいただいて、恐縮ですわ。でも、自分のことは自分でできますから、今後はどうぞご心配なく。町で散財してお給料を使い果たしてしまうなんてことはありませんので」

「その約束が守れるかどうか、つきっきりで見ているわけにはいかないんでね。それじゃ行こうか、エヴァンズ看護師」

ミスター・サヴェージはミスター・ヘルゲセンになにか言い、ドアに向かった。

「本当に、なにかお困りのことがあったら、いつでもいらしてくださいね、ミス・エヴァンズ」ミスター・ヘルゲセンはもう一度、大きなてのひらでルイーザの手を包みこんだ。

「ところで、夜、自由になる時間はあるのですか？ 週末グリーグの楽曲を演奏するコンサートがあるんですが、もしよろしければ、ぜひお誘いしたいなと」

「ご一緒できたら、どんなにうれしいでしょう。でも、その前にミス・サヴェージにうかがわないと。夜お一人にすることになりますので……」

「それについては、なにかいい手立てがあるかもしれない。電話をおかけしてもいいですか？」

「ええ、もちろん」彼は本当にいい人だ。彼とミスター・サヴェージが入れ替わってくれればいいのに。ルイーザはそう思いながら、黙りこくっているミスター・サヴェージのあとについて窓口へ行った。そこで妙に反抗的な気分になり、必要以上の金額を引き出してから、ミス・サヴェージの分のお金を受け取った。ミスター・サヴェージになにか皮肉を言われるものと覚悟していたが、彼はずっと押し黙ったまま通りを歩いていき、ルイーザも無言でついていった。

ドアを開けたとき、フラットは静まり返っていた。ふだんなら、この時間はエイヴァが掃除をしているはずなのだが……。ひょっとしたらキッチンで料理をしているのかもしれない。ルイーザは廊下を進み、半開きになったキッチンのドアを開けた。エイヴァの姿はなかった。かわりにそこにいたのはミス・サヴェージだった。彼女はテーブルにつき、投げ出した腕を枕《まくら》がわりにして高いびきをかいていた。テーブルの上には液体の入ったグラスと、半分ほど減ったウオツカの瓶が置かれていた。ルイーザは呆然《ぼうぜん》と立ち尽くした。

やがて、背後でミスター・サヴェージの声が聞こえ、はっと我にかえった。

「ミス・エヴァンズ、君は優秀な看護師で、看護について必要なことはすべて学んだんだろうが、たった一つ、教えてもらわなかったことがあるようだな。アルコール依存症患者の見分け方だ」

「まさか」ルイーザは言った。「だったら、どうしてだれも言ってくれなかったんです？お医者様も、あなたも……」

「医者たちは、君が当然知っているものと思って、わざわざ言わなかったんだろう。ほかに理由は考えられない。ここに呼び寄せることに決めたとき、私はクラウディアに、年上の看護師を選んで、依存症についてもきちんと話すように言い渡しておいた。しかし妹が選んだのは、状況のまったくわかっていない小娘だった。それでも、ここに来た以上は、君に話さなくても問題はないような気がした。だが、妹の飲み友達がまた現れたと聞いて、君に会ってきちんと説明すべきだと思ったんだ。これで説明の手間も省けたな。一目瞭《りょう》然《ぜん》だ」

ルイーザはミスター・サヴェージの顔をまじまじと見た。「あなたには情ってものがないんですか？　私が今まで会った人の中でだれよりも冷酷だわ。とにかく、彼女を寝室に運びますから、手伝ってください。あとでゆっくりご説明をうかがいます」

ミスター・サヴェージは無言のまま妹を寝室へ運んだ。ルイーザは彼を寝室から追い出すと、ミス・サヴェージの顔をふき、寒くないようにしっかり羽毛布団をかけて、相変わらず散らかりっぱなしの部屋を片づけた。

仕事を終えて居間へ行くと、意外なことに、ミスター・サヴェージはコーヒーポットののったトレイを居間に運んできていた。彼は二人分のマグカップにコーヒーをつぎ、ルイーザに座るよう身ぶりで示してから、ぶっきらぼうに尋ねた。「なにが知りたいんだ？」

ルイーザはコーヒーを一口飲んだ。「すべてです。最初から知らされるべきだったことすべて」

ミスター・サヴェージは椅子の背にもたれ、平然とした顔でコーヒーを飲んでいる。

「クラウディアは八年前からアルコール依存症を患っている。ありとあらゆる治療法を試みた。一、二度全快したと思えることもあったが、そのたびにまたアルコールに手を出した。あの友達とやらにウイスキーやウオツカを買いに行かせて、彼らも喜んで買ってくるんだ。今回もそのために呼び寄せたんだろう。君はなにも気づかなかったのか？」

「最初にご忠告いただいていたら、気がついたかもしれません。でも、頭にあったのはお医者様の診断結果だけで……。もちろん、診断そのものに間違いはありませんから、お医者様も、私がすでにミス・サヴェージの問題について知っているとお考えになっていたんでしょうね。ありうることだと思います。表向きは肝臓に多少の問題があるだけですから。でも今にして思えば、思い当たる節がいくつかあります」

「ノルウェーに妹を呼び寄せたのは、悪友たちや、イギリスでの不摂生な暮らしから切り離せば、依存症を克服するチャンスがあるかと思ったからだ。だが、どうやら間違っていたらしい」

ルイーザはマグカップを下ろし、ミスター・サヴェージの冷ややかな黒い瞳を見つめ返した。「だったら、イギリスに帰してさしあげたほうがいいんじゃありませんか？　ここでの暮らしは向いていないようですし」

「いや、妹をイギリスに帰すつもりはない。実のところ、体調さえ整ったら、トロムソの方に呼ぼうと思っている。君も一緒に来てもらうつもりだ」

ルイーザは反論したくなる気持ちをなんとか抑えこんだ。「トロムソといえば、だいぶ北の方ですよね？」

「ああ、私が働く現場は、そこからさらに二十五キロほど離れている。二つの島の間に吊《つり》橋《ばし》をかけているんだ。君と妹には、そこの人口数百人の小さな村まで来てもらう」ミスター・サヴェージはコーヒーのおかわりを求めてマグカップを差し出した。「スキーはするかい？」

「いいえ！」ルイーザはぴしゃりと言った。「そんな辺鄙《へんぴ》なところにミス・サヴェージを住まわせようとおっしゃるんですか？」

「そのとおりだ。そこならしっかり妹を監視できる。君にもよく目が届くからな」

ルイーザはつんと顎を上げた。「あなたにご心配いただかなくても、私でしたら大丈夫です。妹さんだって、お兄様にあれこれ管理されないほうが、むしろ回復なさるんじゃないですか」

「君は本当に遠慮なくものを言うんだな。だが、今は君の意見など聞くつもりはない。むだな議論はやめて、差し迫った問題に集中しないか」

「その前に、妹さんのようすを見てきます」ルイーザはミス・サヴェージの寝室へ行った。

彼女は相変わらず高いびきをかいて眠りこんでいた。

「防寒着は十分用意してあるのか?」ルイーザが居間に戻って再び腰を下ろしたとき、ミスター・サヴェージが言った。ルイーザは手短に、持っている衣類について話した。すると彼は即座に言った。「その程度じゃとても足りないな。紙と鉛筆を取ってきてくれ」ルイーザが取ってくると、彼は続けた。「クラウディアもまともなものはほとんど持っていない。妹の分も用意してやってくれ」

ルイーザは言われたとおりメモをとってから顔を上げた。「本気で妹さんを連れていかれるつもりですか? そうでなくても寂しい思いをしていらっしゃるし、雪や山もあまりお好きじゃないのに……」

「まったく君は頑固だな。わからないのか? これは妹にとって最後のチャンスなんだぞ。もう決まったことなんだ、これ以上ごたごた言わないでほしいね」

「いくらなんでも、むちゃです」ルイーザはミスター・サヴェージににらまれながらも、ひるまず反論した。「現地にお医者様はいらっしゃるんですか?」

「クルーザーを利用すれば、トロムソまであっという間だ。もちろん陸路でも行けるが、四月か五月までは閉鎖されている」ルイーザの驚いた顔を見て、ミスター・サヴェージはかすかに笑った。「君も気のりがしないようだな。いっそのこと辞めるか? 雇われた条件とあまりに違うんだから、辞めたくなっても無理はない」

「まさか、とんでもない。私は妹さんの看護をするためにここまで来たんです。自分の仕事はやり遂げます。あなたがおっしゃるように、生活環境をそこまで極端に変えれば、依存症を克服できるかもしれません。私にできることがあるのなら、精いっぱいお手伝いさせていただきます」

ミスター・サヴェージは愉快そうに笑った。ルイーザはばかにされたような気がして頬がほてった。

「そろそろお帰りになったらいかがです？　私も、ミス・サヴェージが目を覚まされるまでにしなければならないことがありますので」

「だったら時間はたっぷりある。今夜か、明日の朝までは寝返り一つ打たないだろう」ミスター・サヴェージはジャケットを手に取り、ドアに向かった。「私は日曜日までベルゲンにいる。明日、クラウディアに会いに来るつもりだ。ところで、もし土曜日の夜ヘルゲセンと出かけたいのなら、私がここにいるからかまわないよ。妹とは話し合わなければならないことが山ほどある。君がまたよかれと思って口をはさむと、ややこしいことになるからな」

ルイーザは返す言葉もなく、彼のうしろ姿を見送った。そのあとしばらくして、エイヴァが買い物から帰ってきた。ルイーザは昼食の支度を手伝いながら、エイヴァにトロムソについて尋ねた。

「ここからずいぶん遠いところですよ」彼女はきょとんとした。「なぜお知りになりたいんです？」

ルイーザは、ミスター・サヴェージが妹の療養のために橋の建設現場の近くへ連れていきたがっているのだと話した。

エイヴァはうなずいた。「いい考えですね。とても景色のいいところですから。寒いけれど自然に囲まれているし、お兄様の近くで過ごせば、気持ちも落ち着かれるでしょう」

「こんなこと、話してしまってよかったのかしら」ルイーザは言った。「あなたの仕事はどうなるの？」

「それなら心配いりません。私は、このフラットを借りている六カ月間ずっと雇っていただく約束になっていますから、仕事があってもなくても、お給料はいただけるんです」

「それはよかったわ」ルイーザは腰を上げた。「私はちょっとミス・サヴェージのようすを見てくるわね。昼食は召しあがらないから、私はキッチンでいただくわ。もしよかったら、もっとトロムソのこと聞かせてちょうだい」

ミス・サヴェージは、その晩かなり遅くなってからようやく目を覚ました。頭痛を訴え、気分が悪いと言って、ルイーザの勧めをことごとく断った。それでも、真夜中近くにはようやくおとなしくなったので、ルイーザは彼女の顔と手をふいて、寝巻きを替えさせ、ベッドを整えた。ほっとしたことに、ミス・サヴェージはすぐに眠りに落ちた。ルイーザ自身、かなり疲れていた。だれかを嫌うというのはこんなにもエネルギーを使うものなのだろうかと、ルイーザはベッドに入りながら考えた。もちろん、頭にあったのはミス・サヴェージのことではなかった。

問題の人物は、翌日再びやってきた。エイヴァがいそいそと出迎え、ミスター・サヴェージのコートを受け取ると、コーヒーをいれにキッチンへ行った。エイヴァは彼に好感を持っているようだが、ルイーザにはさっぱり理解できなかった。ミス・サヴェージの寝室から出てきたルイーザに、彼は皮肉っぽい笑みを向けて挨拶《あいさつ》し、妹はどうしているかと尋ねた。

「だいぶ……お元気になられました」ルイーザは答えた。たった今、ミス・サヴェージからスリッパを投げつけられたばかりだ。「でも、かなりいらだっていらっしゃるようです。あまり刺激なさらないほうがよろしいかと思います」

「そんなことはしないよ。二日酔いなら私にも経験がある。引き際は心得ているさ」

「お会いになるのは、まだ少し待ってください」

「私に指図はしないでもらいたいね、ミス・エヴァンズ。コーヒーを飲んだら、妹と話をする。話さなければならないことがたくさんあるんだ」

「でも、ミス・サヴェージはひどい頭痛がするとおっしゃって……」

「それはそうだろう」ミスター・サヴェージは立ちあがり、エイヴァが運んできたコーヒーのトレイを受け取った。彼がエイヴァに向けた感じのいい笑顔を見て、ルイーザは目をまるくした。この人がこんな温かい表情をすることがあるなんて。「砂糖は三杯入れてくれ」彼はルイーザに言った。「甘いのが好きでね」

ミス・サヴェージとの面会について、そのあともしばらく押し問答をしたものの、結局はまたしてもミスター・サヴェージが意見を通した。

「君はコーヒーを飲んだら、散歩でもしてくるといい。新鮮な空気を吸えば頭がすっきりするだろう。金はあるのか?」

「十分あります。お気遣いいただいてどうも」

「それはよかった。旅行の準備については、あとでまた話そう」

ルイーザはこれ以上逆らってもむだだと思い、出かける前にミス・サヴェージのようすを見に行った。彼女はブラインドを下ろしてベッドにぐったりと横たわり、濡《ぬ》れた布で目を冷やしていた。

ルイーザが出かける支度をすませてフラットを出ようとしたとき、居間の電話が鳴った。ミスター・サヴェージは椅子に深々と身をあずけ、目を閉じている。そんなふうにしていても、威圧的な雰囲気が漂っていることに変わりはない。ルイーザは受話器を取りあげた。相手がミスター・ヘルゲセンだとわかり、思わず笑顔になった。土曜日の夜の予定を確認するために電話をかけてきたのだ。

「ご都合さえよければ、コンサートの前に、食事でもどうかと思いましてね。六時過ぎに迎えにうかがってもよろしいですか？」

「ええ、すてきですわ」ルイーザは声をはずませた。「でも、まだミス・サヴェージにおうかがいしていないんです。あまりご気分がよくないようで……」彼女は椅子に座っている人物の方に目をやった。

「女っていうのは、人の話をちゃんと聞かないものらしいな」ミスター・サヴェージが言った。「土曜日の夜は、私がここに来ると言っただろう」

「お誘い、お受けできそうですわ」ルイーザはミスター・サヴェージを無視し、受話器に向かって言った。「六時過ぎには出かける支度をしておきます」挨拶がすみ、電話を切ると、ルイーザはミスター・サヴェージに言った。「話はちゃんと聞いていました。ただ、本気でいらっしゃるかどうか、わからなかったもので」

「私はいつも本気だ。覚えておくといい」

ルイーザはドアを力まかせに閉めたい衝動を抑えてフラットを出た。

魚市場でエイヴァに頼まれた買い物をするついでに、花売り場を眺めた。値段が高くてとても手が出なかったが、こんな寒い気候なのに花が買えるということ自体驚きだった。

そのあと、旅行の買い物に備えてウインドーショッピングをしてからフラットに戻った。

ミス・サヴェージはぐったりしたようすで枕にもたれて兄の話を聞いていた。ミスター・サヴェージはベッドの縁に腰かけ、穏やかながらも熱心な口調で説明している。彼は振り返りもせずにルイーザに言った。「ちょうどよかった。これから旅行の予定について話すところだ。上着を脱いで、ここへ来てくれ」

命令口調で言われ、ルイーザはむっとして、化粧直しにわざと時間をかけた。ミス・サヴェージの寝室に戻ると、案の定ミスター・サヴェージはいらだたしげにルイーザをにらみつけた。ルイーザはなにくわぬ顔でドレッサーのスツールに腰を下ろした。「お話しする前に、ミス・サヴェージ、なにか欲しいものはありませんか？」

ミス・サヴェージは首を横に振り、頭痛に顔をしかめた。「私が欲しいものなんて、どうせだれも気にしちゃくれないのよ。とくに兄はね」

ミスター・サヴェージはその言葉を聞き流して、すぐに話の続きに戻った。「移動はできるだけ早いほうがいい。クラウディアが飛行機はいやだと言うのなら、二人とも船で来てもらうしかないな。今の時期は海が荒れるかもしれないが、トロムソまではほんの五日間だし、途中すばらしい景色も堪能《たんのう》できる。今日は水曜日だろう……一週間後の便を予約しておく。トロムソまで来たら、そこに一泊して、クルーザーで私のところまで来るといい」

「海が凍ることはないんですか？」ルイーザはおそるおそるきいてみた。

「凍るわけがないじゃないか。メキシコ湾流が流れこんでいるんだから」ミスター・サヴエージはいらだたしげに答えた。「もちろん内陸は雪深いがね」

「建築現場は内陸なんですか？」

彼は首を横に振った。「トロムソ湾の先のほうだ。橋をかけている二つの島には村があって、商店もあるが、大きなほうでも幹線道路が一本通っている程度の静かなところだよ」

かなり寂しい場所のようだとルイーザは思った。

ミス・サヴェージが自分をふるいたたせるように言った。「おもしろい旅になりそうね。船の中でなにか楽しめることはある？」

ミスター・サヴェージはそっけなく答えた。「一つもないな」ミス・サヴェージがわっと泣きだしたとたん、彼は立ちあがった。「明日、服を買いに行こう。ミス・エヴァンズ、君には予定外の旅行をさせることになるし、雇主はこの私だから、必要なものは用意して、すべて私に請求してくれ」

ミス・サヴェージが一瞬泣くのをやめて尋ねた。「私の分は？」

ミスター・サヴェージは戸口で振り返った。「僕が君の出費を払わなかったことがあるかい、クラウディア？」彼は返事を待たずに出ていった。

そのあとすぐに医師が往診にやってきた。診断は、ミス・サヴェージがその気になればベッドから出てもまったくかまわないということだった。医師は帰り際にルイーザを居間に呼んで、ドアを閉めた。

「ミス・サヴェージには、昼食と夕食のときに一杯ずつアルコールを与えてください。種類はなんでもかまいません。そうしないと、ひどい禁断症状に悩まされるでしょう。そのあと、ようすを見ながら一日一杯にして、やがてはゼロにするのが目標です。患者に励みとなるものがないのは残念ですね。結婚でもしていれば、夫が心の支えになったかもしれませんが……」医師はかぶりを振り、ため息をついた。

昼どきに、ルイーザはミス・サヴェージに軽い食事をとるように勧め、ウイスキーを一杯添えた。夕方近くにはミス・サヴェージはベッドから起き出し、ときおりひどい震えに悩まされながらも、一時間ほど買い物について話した。

翌日、ミスター・サヴェージが現れたのは昼過ぎだったが、かえって好都合だった。午前中、ミス・サヴェージの機嫌は最悪だったからだ。今すぐアルコールを口にしなければ死んでしまうと叫びながら、朝食のトレイをルイーザに投げつけた。だが、ミス・サヴェージの問題の本質がわかった今、ルイーザは腹も立たなかった。掃除や片づけに手がかかるものの、彼女のことが好きにさえなっていた。ゆっくり時間をかけてなだめた結果、ミスター・サヴェージがドアのベルを鳴らしたころには、ミス・サヴェージはなんとか着替えをすませ、落ち着きを取り戻していた。

ミスター・サヴェージはタクシーを一日借りきった。運転手が辛抱強く待っていてくれたおかげで、買い物はかなりはかどった。ルイーザは値段を気にすることもなく、買い物を楽しんだ。それでも、裏に毛皮がついたジャケットやスエードのスラックスはさすがに遠慮し、ウールのスラックスと防水加工のスキージャケットを買った。スキーをしなくても役に立つと、ミスター・サヴェージに言われたからだ。彼はさらにウールのセーター数枚と深緑色のウールのスカート、それに合うジャケットも買うように勧めた。「あとブラウスもいるな。トロムソのホテルに滞在している間は、そういうものもあったほうがいい」

それを聞いて、ミス・サヴェージは夢中になって服を買いあさった。

フラットに帰り、疲れきったミス・サヴェージが部屋に引きあげると、ルイーザはミスター・サヴェージに紅茶をいれ、服のお礼を言った。しかし彼は、礼など聞きたくないとうんざりした顔で言っただけだった。ルイーザはそれきり黙りこんで紅茶を飲み、彼が帰ってしまうとほっとした。

他人のささいな言葉にもいらだつなんて、橋の建設というのはそれほどまでに神経を使うのだろうか？「それにしても、橋ってどうして真ん中が落っこちたりしないのかしら？」ルイーザは独り言をつぶやいた。「今度、機嫌がよさそうなときにでもきいてみましょう。といっても、あの人に機嫌のいいときなんかないけれど」

5

その晩のミス・サヴェージは手がつけられなかった。お酒をちょうだいと懇願し、もらえないとわかると、くってかかった。そうかと思えば、愉快そうにルイーザをからかうこともあった。

「毎朝散歩に行きなさいなんて、あなたのためを思って言っているって信じていたの？おあいにくさま、ここでお友達と楽しく飲んでいたのよ。それにしても、コニーの姿を見たって言いだしたときはぎょっとしたわ。でも、あなたはそこまで頭がまわらなかったみたいね。私、これでもけっこう賢いのよ。ロンドンの医者にはあらかじめ言っておいたの。看護師にはすべて話してあるから、それ以上の説明はいらないって」ミス・サヴェージはくすくす笑った。「あなたと兄が酔っぱらった私を見つけたときの顔、見てみたかったわ！　ほんのちょっと飲みすぎちゃったのよね。寝こむつもりはなかったの。でも、あれで全部ばれちゃった。これからどうするつもり？　だまされた仕返しでもする？」そこで急に真顔になり、哀れっぽい口調で尋ねた。「まさか辞めるなんて言わないわよね、ルイーザ?」

「ええ」ルイーザは答えた。「仕返しなんて考えてもいません。私はお医者様の指示どおりにするまでです。そうだわ、あの丈が長すぎるドレスをお召しになるんでしたら、裾《すそ》上げをしておきましょうね」彼女は平然と続けた。「それから、この間の書店へもう一度行ってペーパーバックを何冊か買いだめしておきません? 向こうに慣れて、トロムソと行き来できるようになるまで、暇つぶしをするものが必要ですからね」

「橋の建設現場からトロムソまでは何十キロも離れているのよ」ミス・サヴェージは不機嫌に言った。

「行き来できないほどの距離じゃないですよ。クルーザーもありますし。ときどき遊びに行くのも楽しいんじゃありません?」

「あなたはまだ兄のことがよくわかっていないのね。兄は、人が楽しそうにしているのが気に入らないのよ」

ドレスの裾を縫いながら、ルイーザは考えた。ミスター・サヴェージはなぜあんなふうに皮肉ばかり言うのだろう? 単に妹のそばにいると虫の居所が悪くなるというだけだろうか? 今まで心からの笑顔を見せたのはたった一度――エイヴァと話しているときだけだ。でも、まあ、フランクよりはましかもしれない。そう結論づけると、ルイーザは白い歯で糸を切った。

金曜日の朝、ミスター・サヴェージは船の切符を届けにやってきたものの、二人のようすを見て安心したのか、すぐに帰っていった。

土曜日の夜、ミスター・ヘルゲセンとミスター・サヴェージはそろって現れた。ルイーザは先日買ったブルーの柄のウールジャージーのワンピースに身を包んでいた。ミス・サヴェージは兄と過ごさなければならないのが気に入らず、ふくれっ面でソファに横たわっていた。ピンクの部屋着をまとった彼女は、目の下に隈《くま》ができていても、相変わらず美しかった。

「こちらはラース・ヘルゲセンだ」ミスター・サヴェージが二人を紹介した。「妹のクラウディアだよ」

ミスター・ヘルゲセンはソファに歩み寄り、うっとりとした表情でミス・サヴェージと握手をした。たとえアルコールに溺《おぼ》れていようとも、ミス・サヴェージが美人であることに変わりはない。依存症から立ち直ることさえできれば……。ルイーザが眉をひそめて考えこんでいると、ミスター・ヘルゲセンがそろそろ行きましょうかと声をかけた。

ミスター・サヴェージはルイーザには声をかけなかった。ルイーザは彼に、エイヴァが特別に残って夕食を出してくれると言うつもりだった。だが、向こうが挨拶《あいさつ》もしないなら、なにもこちらから話しかけることはないと思い、黙っていた。

「ラースと呼んでください」ミスター・ヘルゲセンが言った。「そう遠くはないので、歩いていきましょう」彼が肘を差し出したので、ルイーザはそこに手をかけた。二人は並んで通りを歩いていった。やがて古い屋敷の前まで来ると、彼は言った。「ここです。おいしい魚料理で有名なレストランなんですよ」

中の装飾は古めかしく、ほとんど満席だった。二人は案内されたテーブルについた。ラース・ヘルゲセンはとても感じがよく、話し上手で、一緒にいて楽しかった。

オードブルを食べおえ、魚料理が出てきたところで、ラースはそれまでのたわいもない話題を終わらせ、さりげないながらも慎重に言葉を選んで尋ねた。「ミス・サヴェージは感受性の強い方なのですか？　とても美しくて魅力的で、すっかり目を奪われてしまいました」

「今、病気療養中でいらして、そのせいで気持ちが沈みがちになるんです」ルイーザも言葉に気をつけて答えた。

ラースはルイーザの皿にのった魚にソースをかけてくれた。「そうですか。まだお若いですよね」

ルイーザはうなずいた。

「ミスター・サヴェージからも彼女についてはいろいろとうかがっています。彼女の口座を折にふれてチェックしてほしいと言われていたのでね。まあ、あれほど美しい方なら、いろいろお金が入り用になるのも無理はない。ミスター・サヴェージは建築現場近くの村へお二人を連れていくと言っていましたが、僕としてはずいぶん寂しくなってしまうな」ルイーザはほほえんだ。「だいぶ遠いところですけど、いったん落ち着けば、なんとかやっていけるでしょう。いらしたことはありますか？」

そのあとも二人はさまざまなことを話した。食事を終えると、再び歩いてコンサート会場へ向かい、心地よい沈黙の中、グリーグのピアノ曲に耳を傾けた。

コンサートが終わり、フラットに戻ったとき、ルイーザは言った。「中でコーヒーでもいかがですか？」

「はい、いただきます」ラースの熱のこもった返事に、ルイーザの胸はときめいた。彼としばらく会えないのは残念だった。ミスター・サヴェージの意向しだいでは、もうベルゲンには戻らず、直接イギリスに帰ることも考えられる。

二人が階段をのぼって部屋に入ると、ミスター・サヴェージは窓辺に立っていた。ミス・サヴェージがまだソファに横になっているのを見て、ルイーザは驚いた。兄と顔を合わせるのにうんざりして、とっくに寝室にこもっているものと思っていたからだ。彼女は入ってきた二人にほほえみかけた。そして、ルイーザの方をちらりと見てからすぐにラースに目を移し、彼の顔をじっと見つめた。

ラースはまっすぐにミス・サヴェージのもとへ行った。「もうおやすみになってしまったかと思っていました」そう言って彼女の手を取り、ほほえみかけた。

ルイーザはそのようすを眺めながら、自分の勘違いに気づいた。ラースは私に興味を持っているとばかり思っていたけれど、そうではなかったのだ。まったく、最初から気づいてもよさそうなものなのに。顔をそむけたとき、ミスター・サヴェージと目が合った。彼の目はすべてを見透かすようにルイーザにそそがれていた。彼女はむっとして頬を赤らめた。「コーヒーをお持ちします」そう言い残してキッチンへ逃れた。

ミスター・サヴェージがついてきた。「楽しんだか？」そっけなく尋ねる。

「はい。ありがとうございました」ルイーザは彼の方は見ずに、カップとソーサーをトレイに並べた。

「ヘルゲセンというのはなかなかいい男だ。君はイギリスにつき合っている相手がいるのか？」

あまりにも突拍子もない質問に、とっさに頭が働かず、ルイーザは正直に答えた。「いません」

「まあ、そうだろうな」ミスター・サヴェージは自分の質問の意図を説明しようとはしなかった。どうせまた人を怒らせて楽しんでいるだけだろう。

「コーヒーを召しあがりますか？」ルイーザはわざと丁寧に尋ねた。

ミスター・サヴェージは彼女の手からトレイを取って、運んでいった。「もちろんだ」

コーヒーを飲みおえるまでには、出発の日、ラースが女性二人を車で船まで送ってくれるという話がついていた。それだけではない。彼はミス・サヴェージを翌日の昼食に誘い、彼女も承諾した。ミスター・サヴェージは間違いなくそのやりとりを聞いていたはずだが、なにも言わなかった。

帰る段になって、ミスター・サヴェージはルイーザに言った。「心配いらない。私にまかせておくんだ」

居間に戻ると、ミス・サヴェージがおずおずと、ラースと出かけてもかまわないかと尋ねた。そのしおらしいようすに、ルイーザは驚いた。「心配なのはわかっているわ。でも、お酒は飲まないって約束する。水だけにしておくから」彼女はうっとりとした顔でつけ加えた。「彼、とってもすてきな人ね」

ルイーザはコーヒーカップを片づけながら、ひょっとしたら、これはミス・サヴェージがアルコール依存症を克服するまたとないチャンスかもしれないと思った。もしそうだとしたら、全面的に協力するつもりだった。「ええ、すてきな方ですわ。そろそろベッドにお入りになったらいかがです？　明日、最高に美しい顔で彼を出迎えたいんでしたらね」

ベルゲンで過ごすのは、残り三日しかなかった。その間、ルイーザの知る限りでは、ラースはフラットでミス・サヴェージと話をしたり、彼女を食事に連れ出したりと、片時もそばを離れようとしなかった。最初のデートのとき、ミス・サヴェージの機嫌がどうなるか、ルイーザはびくびくして帰りを待っていたが、取り越し苦労に終わった。ミス・サヴェージはまさに恋する乙女に変身していた。相変わらずアルコールは一日二杯口にするものの、興奮して物を投げつけたりすることはなくなった。それどころかルイーザに、自分のことをクラウディアと呼んでほしいと言いだし、友人のように接しはじめた。

ミスター・サヴェージからはなんの連絡もなかった。すでに建設現場に戻ったのはわかっているものの、出発の挨拶もないとは意外だった。ラースと妹のことをいったいどう思っているのだろう？　ルイーザは首をかしげた。クラウディアにとって、ラースとの別れはつらいものになるだろう。せっかく彼との関係が依存症を克服するきっかけになりそうなのに、ベルゲンにとどまれないのは残念でならない。ルイーザは出発の準備をする合間に、ミスター・サヴェージに電話をかけることも考えてみた。しかし、自分が言えば、彼はかえって意地になってトロムソに来いと言うに決まっていると思い、しかたなくあきらめた。

出発の日、ラースはクラウディアとルイーザを昼食に連れ出した。彼は二人に同じように話しかけたが、ルイーザは自分がじゃま者のような気がして居心地が悪かった。ラースは努めて明るい話題を選び、クラウディアはやさしくあいづちを打っていた。注文した白ワインにもほとんど興味を示さないほどだった。食後のコーヒーが出てくると、ルイーザは買い物を思い出したと言って先にレストランを出た。

夕方、ラースとクラウディアがフラットに戻ってきたときには、すでに出発の時刻が迫っていた。用意していた紅茶を飲む暇もなく、ルイーザとクラウディアはエイヴァに別れを告げ、荷物を確かめて、ラースの車で出発した。

船に乗りこむと、ラースは船室まで一緒についてきた。船室は広々として、テーブルと椅子と寝台二つがついていた。小さいながらも専用のシャワールームもあり、ルイーザには申し分のない設備に思えた。もっとも、その不機嫌な顔を見る限り、クラウディアは同じ考えではないようだった。ルイーザは食事の時間を確かめてくると言い、ラースに別れの挨拶をすると、二人を残して船室を出た。

まずはメインラウンジに戻った。チケット売り場にはまだ長い列ができている。この船は、大きな町にも小さな漁村にも停泊する。長い冬の間、人々は物資や郵便や客を心待ちにし、船の到着を喜んで迎えるのだろう。

赤ん坊と犬を連れた大家族とすれ違い、階段をのぼって上の階へ行った。広いダイニングルームには船尾へ通じるドアがあり、その外には短い旅の乗客用の座席が並んでいた。カフェテリアと小さなバーも併設されている。ありがたいことに、バーには強い酒の類《たぐい》はなく、ワインとシェリー酒が用意されているだけだった。船内にはほかにもゆったりとしたラウンジがいくつかあり、とくに上階のラウンジは見晴らしがよかった。ルイーザはそこからベルゲンの町を眺めた。山裾に家々の明かりが宝石のように連なっている。それがとだえた先には大海が広がっているのだろうが、闇夜《やみよ》のせいでほとんど見えなかった。

ルイーザが船室に戻ってドアをノックしたとき、船内アナウンスが聞こえた。おそらく出航を知らせるアナウンスだろう。足にエンジンの振動が伝わってくる。もうラースも船を降りたに違いない。

そのとおりだった。クラウディアは一人でぐったりと椅子に座っていた。ルイーザの姿を見るなり、彼女は言った。「私、行きたくない！　ラースと一緒にいたいの。やっと幸せになれそうなのに、兄ったら、ひどすぎるわ……」

ルイーザもクラウディアと同じ考えだった。ミスター・サヴェージには温かい血が通っていないのではないかと思えた。ルイーザはクラウディアのそばに行き、ベッドの縁に腰を下ろして手を取った。「でも、思っていらっしゃるほどひどくないんじゃないかしら。あなたは日に日によくなっています。今までずっと努力してきたかいあって、この先はもっと楽になるでしょう。これから行く場所はとても静かだから、毎晩睡眠薬をのまずにぐっすり眠れるはずです。そうすれば、きっといろんなことに意欲もわいてくるでしょう。そうやって回復していけば、それだけ早くベルゲンに戻れるじゃありませんか。よくなったら、いくらお兄様だって、ベルゲンに戻ることに反対なさらないはずです。ラースはちゃんと待っていてくれますわ。そうじゃありません？」

クラウディアは手を引っこめた。「あなたになにがわかるの？　恋をしたこともないくせに。この人だって思える男性にせっかく出会えたのに……」

「きっとすてきでしょうね。ええ、そのとおり。私は恋をしたことなんてないし、これからもできるかどうかわからない。でも、あなたは恋する男性にめぐり合った。だったら、それを大切にしなくては。そんな幸運は、だれにでも訪れるわけじゃないんですから」

クラウディアはゆっくりとルイーザに目を向けた。「あなたとはあまり共通点もないけど、看護師としてはなかなか優秀ね」彼女はくすりと笑ったが、すぐにまた顔をくしゃくしゃにして泣きだした。「本当にじきに戻れると思う？　ラースは私のことを好きでいてくれると思う？」

「ええ、きっと」

クラウディアはバッグの中から宝石つきの手鏡を取り出し、顔を眺めた。「彼に言ったの、私はアルコール依存症だって。そうしたら、彼、にっこりして、もうお酒に溺れないですむ、僕がついているからって言ってくれたの。私、本当によくなると思う、ルイーザ？」

ルイーザは荷物を整理する手をとめた。「ええ、きっとよくなります。だって、こんなにはっきりした目標ができたんですもの。今まではとくに目標がなかったでしょう？」

クラウディアは鏡をベッドにほうり投げた。「でも、あんな退屈そうなところへ行ったら、頭が変になってしまうわ。そうなったら兄のせいよ」

「ラースは会いに来てくれるんでしょう？」

「ええ。いつかはまだわからないけど」クラウディアは少し明るい表情になり、立ちあがって船窓から暗い外を眺めた。「もう出航したの？」

「ええ、少し前に。夕食は八時だそうです。その前にワインでも召しあがります？」

「ウイスキーがいいわ」

「ワインしかないんです。法律で決められていて、船内では強いお酒は飲めないんですって」

「だったら、しかたないわね」クラウディアはうんざりした顔で船室を眺めた。「こんな狭苦しい場所に押しこめられたの、生まれて初めてよ。しかも、あなたとしじゅう顔を突き合わせていなくちゃならないなんて……」

ルイーザは言いたいことをのみこみ、クラウディアをなだめた。「たったの五日間ですよ。だいいち、船室にいるのは寝るときだけですもの」船は北海に出たと見え、急に大きく揺れはじめた。「それに、海が荒れたら、一緒にいる人がいてよかったと思うかもしれませんわ」

そのあと、二人は夕食をとりにダイニングルームへ行った。客室係に案内されて窓際のテーブルに行くと、そこにはすでに二人先客がいた。

「こんばんは」ルイーザは言った。クラウディアは相席が不満なのか、不機嫌な顔をしている。相手が英語を話せることがわかり、ルイーザはほっとした。どうやらその老夫婦はアメリカ人のようだった。

四人はテーブルごしに握手を交わした。「フォスター・クーンツといいます。こちらは妻です」夫のほうがにこやかに言った。「どうやら、この船で英語を話すのは私たちだけのようですね」

クラウディアはしぶしぶ握手に応じたものの、無言のままだった。ルイーザは彼女の分も挨拶した。「ミス・サヴェージは、トロムソの近くに住んでいるお兄様を訪ねるところなんですが、体の具合がよくないので、私が同行しているんです」

「トロムソ？」ミセス・クーンツが言った。「それはまたずいぶん北の方ね。私たちは娘に会いにトロンヘイムへ行くの。結婚してそこに住んでいるのよ」

「お相手はノルウェーの方ですか？」ルイーザは尋ねた。

ミセス・クーンツは愉快そうに笑った。「いいえ、私たちと同じアメリカ人ですよ。現地でいい仕事についているの。私たちはテキサスのサンアントニオに住んでいるのよ。ほら、牧場と石油で有名なところ。フォスターはその両方でたくさん稼いでくれているから、今回は二人でのんびりヨーロッパ旅行を楽しむついでに娘のシシーを訪ねようということになったの」

「それは楽しみですね」ルイーザはボーイが運んできたスープをのんだ。「今までどちらをまわられたんですか？」

メインの鱈《たら》のソテーを食べる間、ルイーザが質問し、ミセス・クーンツが答えるという形で、どうにか会話が進んでいった。そのおかげで、クラウディアが一言も口をきいていないのもあまり目立たずにすんだ。ダイニングルームを一緒に出るとき、ミセス・クーンツがルイーザに耳打ちした。「お気の毒に、お友達はかなりおつらいようね。ずっと黙ったままじゃないの」

ルイーザはこの機会に弁解した。「ええ。かなり長いこと療養中なんです。話をするのはとても疲れるらしくて……。お気になさらないでいただけるとありがたいんですけど。コーヒーは別の席で静かにいただくことにしますね。今日はとくに疲れているようなので、早くやすませるようにしますわ」

ミセス・クーンツはルイーザの腕に手を置いた。「ええ、そうなさい。私たちのことは気にしないで。また朝食のときに会いましょう」

クラウディアはラウンジに入ると、できるだけ人のいない隅の席を選んだ。そして、ルイーザが隣に座ったとたん、不平を言いだした。「私はほかの乗客と仲よくなんかしないわよ。ぞっとするほど退屈なんですもの。最初の停泊地で降りるわ。もう、兄のこと、殺してやりたい」

「降りてもどうにもならないですよ。陸路はすべて雪で閉ざされているし、イギリスに帰るほどのお金もありませんから」

「ラースに電話するわ」

ルイーザは二人分のコーヒーをついだ。「ラースはあなたのことを愛しているし、あなたもラースを愛しているんじゃなかったんですか？　ラースのためにがんばるんだと思っていましたけど」

「人のことにいちいち首を突っこまないで。ほうっておいてよ！」

「私もそうしたいところですけど」ルイーザは平然と言い返した。「そんなに簡単にあきらめるなんて情けないと思って。それじゃ、ラースが気の毒ですわ」

「ラースのこと、ずいぶんよく知っているのね？」

「そんなによくは知りませんけど、とてもまじめで親切な人だと思います。愛や友情を大事にしていらっしゃるんじゃないでしょうか」

「まったく、わかったようなことを言って」

「きかれたから答えたまでです。それに、あなたが……病気を克服するお手伝いをしたいので」

クラウディアは嘲《あざけ》るように鼻で笑った。「私が全快したら、あなたは失業してしまうじゃないの」

ルイーザは真顔で答えた。「ええ、そうですね」それについては考えたこともなかった。病院も継母もフランクも、いつのまにか遠い過去になっていて、再びそこに戻るかもしれないなんて想像もしていなかった。

その夜、クラウディアがなかなか寝つけないせいで、ルイーザもゆっくり眠ることができなかった。それでも、朝がくると、早くに起き出した。クラウディアを起こしたとき、外はまだ暗かった。ルイーザは厚手のジャケットを着こんでデッキに出た。かなり冷えこんでいたが、空は澄み渡り、前方にモーロイの漁港が見えた。船はやがて港に入り、ルイーザは寒さも忘れて、郵便の荷卸しや、客の乗り降りを眺めた。

朝食の時間に船室に戻ると、クラウディアはなんとか身支度を整えていたものの、機嫌は最悪だった。ほとんど口をきかず、ダイニングルームでクーンツ夫妻に会っても軽く会釈をしただけで、コーヒーを飲みながらつまらなそうにトーストをちぎっていた。ルイーザはクーンツ夫妻との会話を楽しみながら、オートミールと卵料理とクランベリージャムつきのトーストを平らげた。

「デッキに出るなんて、絶対にいやよ」クラウディアは船室に戻るなり言った。「退屈でもう死にそう。この牢屋《ろうや》みたいな船の中で、一日じゅうなにをして過ごせっていうの?」

ルイーザは荷物の中からペーパーバックを二冊とトランプ、それに、クラウディアの目に触れないように隠しておいた『ヴォーグ』の最新号を出した。「一番上の階のラウンジに行きましょう。窓からでも十分景色が眺められますわ」

「山と海ばっかり。せめて椅子の座り心地がよければいいけど……」

クラウディアはラウンジでもかたくなに窓に背を向けていた。ルイーザは隅にある大きなアームチェアに腰を下ろし、かたわらのテーブルに本を置いて、広い窓から見える景色を満喫した。

モーロイの港はすでに遠ざかっていたが、吊橋《つりばし》が見えた。「ミスター・サヴェージは、このあたりの沿岸でも橋を建設なさったんですか？」

夢中で『ヴォーグ』を見ているクラウディアは、興味なさそうに肩をすくめた。「このあたりでもいくつかはかかわっているはずよ。私はよく覚えていないけど」

船はいったんノルウェー海に出てから、オーレスンの港に入った。「ここで二時間停泊するんですって」ルイーザは言った。「ちょっと降りてコーヒーでも飲んでから、お店をのぞいてみません？　昼食は一時だから、まだ一時間以上あります」

クラウディアは船の揺れはどうにか我慢していたものの、顔色はずいぶん青ざめていた。

「ルイーザ、私、一杯飲みたい」

「わかりました。ウイスキーはないけど、シェリー酒かワインならあるはずです。上着を取ってきますからここで待っていてください」

風は氷のように冷たかったが、船を降りる二人は暖かく着こんでいた。ルイーザは港のそばにホテルを見つけ、バーの窓際の席にクラウディアを座らせた。そして、クラウディアがシェリー酒を飲んでいる間にコーヒーを飲み、彼女が飲みおえると、コーヒーを二人分注文した。そのあと、クラウディアの機嫌はかなりよくなった。ルイーザは彼女を促して店を見てまわり、書店でイギリスの新聞と本を二冊買ってから船に戻った。クラウディアは努めて昼食を口に運び、驚いたことに、クーンツ夫妻に話しかけられると二言三言応じた。

その夜、クラウディアはぐっすり眠った。翌朝も機嫌よく目覚め、朝食に間に合うように身支度をすませた。午前中、船はトロンヘイムに三時間停泊した。ルイーザとクラウディアは真っ先に船を降りた。ルイーザはクラウディアをタクシーに乗りこませてノルウェー語で言った。「商店街に行ってください」

運転手にはちゃんと通じたようだった。歩くのが嫌いなクラウディアを連れて移動するには、短距離でもタクシーが一番だった。あいにくクラウディアは、ニダロス大聖堂へ行きたいルイーザの気持ちをよそに、店から店へとだらだらと見てまわった。大聖堂は、トロンヘイムに行ったらぜひ見るべきだとエイヴァが勧めてくれたのだ。服なんか世界じゅうどこでも買えるのに、どうしてほかのものに関心を向けないのだろう？　ルイーザはいらいらした。結局二人はコーヒーを飲み、書店で買い物をしたあと、タクシーで船に戻った。

クーンツ夫妻を含め、トロンヘイムでかなりの乗客が降りたので、船内はだいぶ寂しくなっていた。新しく乗ってきた乗客も、みんなノルウェー人ばかりだった。

夕方から海はだいぶ荒れだしたが、幸いなことに、クラウディアはラウンジの長椅子でぐっすり眠っていた。ルイーザはそばで編み物をしながら、この調子でいけば、彼女をかなりいい健康状態でトロムソに連れていけるのではないかと思った。

天候は夜の間にさらに悪化し、朝には山や切り立った海岸線の輪郭だけしか見えなかった。早朝とあって、あたりはまだ真っ暗で、北極圏との境を示すという鉄製の地球儀もまったく見えなかった。それでも、朝食後には雲に切れ目ができ、遠くにスヴァルティーゼン氷冠をかすかに望むことができた。距離があるとはいえ、氷を頂いた山は圧倒されるほど高かった。

午前中にボードーで停泊したとき、ルイーザは今度はクラウディアを説得し、大聖堂を訪れることができた。近代建築の大聖堂は小ぶりではあるが、個性的で美しかった。そのあと、ルイーザはいらだち気味のクラウディアをホテルのバーへ連れていき、シェリー酒とコーヒーを飲ませた。店にも立ち寄った。銀のアクセサリーを買ったクラウディアは、まずまずの機嫌で船に戻った。

午後、日が暮れる直前に、ルイーザはもう一度デッキへ出た。ちょうど、水平線にローフォテン諸島の断崖《だんがい》が見えていた。見る限り、ただの巨大な岩の塊で、こんなところに人が住めるのだろうかと思ったが、二時間後、船が港に入ると、めまいがするほど高々とそびえる山のふもとには、小さな村の明かりが見えた。ホテルや商店もある。

ルイーザはダイニングルームで会った船長に、その感想を話した。こんな厳しい環境でも人が住み、穏やかな暮らしを営んでいるとは驚きだと伝えると、髭面《ひげづら》の船長はうなずいた。

「私たちノルウェー人は、孤独もそれほど気にならないんですよ。それに、シンプルな暮らしで満足する。電気があって、暖かな家があって、たくさんの本とお気に入りの娯楽があれば、それでいいんです。ロンドンとはだいぶ違いますがね」

「ロンドンみたいじゃなくて幸いです」ルイーザはきっぱりと言った。「ここならぜひ住んでみたいわ」

翌日、船はついにトロムソに到着した。風景はそれまでとはだいぶ異なり、湾の両わきに山がそびえているものの、そこここに農園や樺《かば》の林もあった。そのすべてがうっすらと雪におおわれている。やがてトロムソの町が見えてきた。本土と島とを結ぶ壮麗な橋が目に入る。ミスター・サヴェージがあんなにいやな人でなければ、橋についてもっといろいろと聞くことができるのにと、残念に思えた。

ルイーザは部屋に戻り、寝ているクラウディアをそっと揺り起こした。そして、ぶつぶつ文句を言っている彼女に言った。「今夜はラースと電話で話せますね」

その言葉は魔法のように効き、クラウディアはとたんに笑顔になった。ミスター・サヴェージはトロムソに迎えに行くと言っていたが、それ以上詳しい話はしなかった。船内で待つべきだろうか？　それとも、桟橋まで行くべきだろうか？　結局、暖かいメインラウンジで待つことにして移動したものの、タラップ付近は下船しようとする乗客でごった返していた。桟橋もおおぜいの人であふれている。山と海に囲まれ、陸路を雪で閉ざされている場所とはとても思えなかった。

なんだかうきうきしてきたルイーザは、クラウディアの手を取り、片隅に連れていって言った。「この人たちが降りてしまったら、上のラウンジへ行って待ちましょう。そのほうが静かだから」

だが、その必要はなかった。だれかがルイーザの肩をたたいた。振り向くと、そこにはミスター・サヴェージが立っていた。なぜか今までより若々しく、陽気に見えたが、それは目の錯覚にすぎなかった。彼はルイーザに向かって軽くうなずいてから、妹に船を降りる準備はいいかと尋ねた。歓迎の言葉は一言もなかった。クラウディアも無言だ。

ルイーザは言った。「荷物は船室から運び出してもらいました。おかげさまでとても快適な旅でしたわ。でも、妹さんは疲れているので、すぐに休んでいただいたほうがいいと思います」

一瞬、ミスター・サヴェージはいぶかしげな目でルイーザを見てから、意外にも大声で笑いだした。「君はクラウディアを連れてきてくれ。荷物は私が運ぶ」そう言って、さっさと歩きだした。

まったく、なんて失礼な人！　ルイーザは人をかき分けて進むミスター・サヴェージを見ながら思った。彼は、シープスキンのジャケットに明るい色のニットキャップといういでたちだった。今までと違って見えたのは、たぶんそのせいだろう。

ルイーザはクラウディアの肩に腕をまわした。「行きましょう。早く一息ついて、お茶をいただきましょうね」

6

船を降りると、波止場周辺は固く踏み締められた雪でおおわれていた。ルイーザは、クラウディアがいやそうに身をすくめるのを感じた。ミスター・サヴェージは、荷物を運ぶ小柄で恰幅《かっぷく》のいい黒髪の男性とともに、二人の先に立って歩いていく。

それほど長い距離を歩く必要はなかった。船の近くにランドローバーがとまっていた。ルイーザは、もう一度波止場の景色を眺める余裕もなく車に乗せられた。車は曲がりくねった道を進み、倉庫街を通り抜けると、大きな橋を渡って市街地に入った。時刻はまだ午後四時だったが、すでに日は暮れ、長い夜が始まっていた。車はやがて明るく照らされた商店街を通り、広場に面して立つ大きなホテルの前でとまった。運転していたミスター・サヴェージは、後部座席を振り返って言った。「今夜はここに泊まる」

想像以上に豪華なホテルだった。ルイーザはクラウディアに手を貸して車を降りながら、バスタブにゆったりつかったあと広いベッドで寝ることを想像して目を輝かせた。

内部は、外観にもましてきらびやかだった。ロビーに敷かれた絨毯《じゅうたん》の上を進むと、フロント係がにこやかに迎えた。ミスター・サヴェージは顔なじみらしく、一行はすぐにスイートルームに通された。いくつも部屋があり、バスルームもそれぞれについていた。到着してからほとんど口をきいていなかったクラウディアは、部屋を見まわし、皮肉っぽい口調で言った。「こんな辺鄙《へんぴ》なところに、これほど立派なホテルがあるなんて驚きだわ。泊まる人なんているのかしら。好きこのんでここまで来る人なんかいないでしょうに……」

「夏の間は人気の観光地なんじゃないかしら。南の方からやってくる旅行者がおおぜいいるはずです。道路もよく整備されているようじゃありません?」

「さあね。私は知らないし、知りたくもないわ」

「必要な荷物を出しておきますね。お兄様がお茶を一緒にとおっしゃっていましたけど、飲みに行かれるでしょう? それとも、部屋に運んでもらいます?」

クラウディアは一週間前と同じような無気力な状態に戻っていた。「ルイーザ、一週間もあなたと二人きりだったのよ。にぎやかなところに出られるせっかくのチャンスをふいにするわけがないでしょう」

ルイーザは自分の部屋に行き、化粧を直して、荷物を整理した。そして、クリーム色のシルクのブラウスとグリーンのスカートとジャケットを取り出しておいた。ミスター・サヴェージがどういうつもりでいるかはわからないが、もしもレストランで夕食をとるとしたら、きちんとした格好をしたかった。

　しばらくして二人は階下へ下りていった。ミスター・サヴェージは小さなテーブルについていた。テーブルにはすでに紅茶のトレイが置かれている。彼はいったん立ちあがって二人を迎え、そっけない口調で部屋はどうかと尋ねたあと、どちらか紅茶をついでくれないかと言った。

「あなたやってよ、ルイーザ」クラウディアが言った。「私はもう疲れちゃった。まったくひどい旅だったわ。帰りは船なんて絶対にいや」

　ミスター・サヴェージが『タイムズ』からちらりと顔を上げた。「飛行機の便はいくらでもある。あるいは陸路で帰ることもできる。春になったらね」

　クラウディアはなにか言い返したそうな顔をしたが、ルイーザがタイミングよくカップを渡すと、そのまま黙りこんだ。ルイーザはミスター・サヴェージにもカップを渡し、自分にも紅茶をついで静かに飲んだ。彼は新聞を下ろし、ケーキが並んだ大皿を二人に差し出した。そして、ルイーザの顔を見て笑った。

「君を見ていると、子供のころの養育係《ナニー》を思い出すよ。礼儀正しくしなさいと、口うるさく言われたものだ」

「私、なにも言っていませんけど」

「でも、その目が言っている。チョコレートがかかったのがおいしいぞ」

「それで、今後の予定をお聞かせいただけるかしら？」クラウディアが不機嫌そうに言った。

「明日の朝出発する。買い物をしたいのなら、一時間だけ余裕があるよ」

「私、ずっとこのホテルにいたいわ」

ミスター・サヴェージはその言葉を聞き流し、クラウディアを眺めた。「だいぶ顔色がよくなった。ここ数週間で一番いい。船旅がよかったようだな。その調子でがんばるんだ。今度こそ、ちゃんと治したらどうだい？」

「あなたなんて大嫌い！」

ミスター・サヴェージは平然と続けた。「それはわかっているが、今の話とは関係ないだろう」腕時計をちらりと見る。「電話をかけるなら、ラースはまだ銀行にいるはずだ」彼はロビーの片隅の電話ボックスを示した。「番号はわかるかい？」

クラウディアは無言のまま立ちあがり、急ぎ足でロビーを横切っていった。

ミスター・サヴェージはカップを差し出し、ルイーザに紅茶のおかわりを頼んだ。「妹はここ一週間でずいぶんよくなった。君の努力の成果だな。酒をもう飲んでいないのかい？」

「午前中にワインかシェリー酒を一杯。あと、夕食のときにも一杯だけ飲んでいます」

ミスター・サヴェージはうなずいた。「クラウディアはラースに恋をしているようだな」

「ええ」

ミスター・サヴェージはケーキの皿を差し出してルイーザに勧め、自分も一つ取った。

「好都合だ。二人の交際を私たちも見守っていこう。クラウディアにとっていい励みになるだろう」

ルイーザは不安なまなざしを彼に向けた。「ええ、でも、もしラースが……。彼は妹さんと結婚するつもりなんでしょうか?」

ミスター・サヴェージは嘲《あざけ》るような目でルイーザを見た。「ルイーザ、男は女を愛していたら、結婚するものだよ。たとえ僕の妹のような気まぐれな女とでもね」

まったく、なんてひどい人。ルイーザは心の中でつぶやいた。きっと女嫌いなんだわ。

クラウディアが戻ってきた。かなり満足そうな表情になってはいたが、相変わらず疲れたようすだ。「わざわざ夕食に下りてきたくないから、ルームサービスを頼むことにするわ」反対するならしてごらんなさいと言いたげに、兄をちらりと見る。

ミスター・サヴェージはすました顔で言った。「いい考えだ。メニューを届けるように頼んでおこう」そこでルイーザに目を移す。「君は私と一緒でいいね? 七時半でどうだい?」

クラウディアが腰を上げたので、ルイーザも立ちあがった。「ありがとうございます、ミスター・サヴェージ」彼に向かって冷ややかに会釈してから、クラウディアのあとについて階段をのぼった。

一時間後にはルイーザは身支度を終えていた。クラウディアは本と雑誌をかかえてベッドに入っている。ルイーザは入浴して髪を洗い、さっき用意したブラウスとスカートとジャケットを身につけた。ここしばらくセーターとスラックスばかりだったので、久しぶりにエレガントな格好をするのは気分がよかった。もっと美人だったら、ミスター・サヴェージをはっとさせられたかもしれないのに。そう思いながら入念に化粧をした。時間があれば、髪も凝ったスタイルに結いあげたかったが、そうしたところで彼は気づきもしないだろう。ミスター・サヴェージが一緒に食事をしようと言いだしたこと自体、ルイーザには意外だった。

階下に下りる前に、もう一度クラウディアのようすを見に行った。ちょうどウエイターがやってきて、小海老《こえび》のカクテル、ラムのカツレツと野菜の盛り合わせ、おいしそうなプディングをベッドテーブルに並べているところだった。もちろんグラスワインもある。

ルイーザが階段を下りていくと、ミスター・サヴェージはロビーで待っていた。ダークスーツをエレガントに着こなして、ふだんよりいっそう背が高く見える。

ミスター・サヴェージのふるまいはとても礼儀正しかった。彼はレストランのバーに案内し、感じのいい口調で飲み物を勧めた。

ルイーザはシェリー酒を飲みながら周囲を見まわした。すでに、かなりの数の客が美しく着飾ってレストランに集まっていた。ここに着くまで見てきた雪山や荒れた海のことを思うと、意外な気がした。「北の果てに、これほど贅沢《ぜいたく》な場所があるなんて思ってもいませんでした」

「空の便もあるし、高速クルーズ船がクリスマス以外は毎日発着する。オスロからノール・カップまでは高速道路も通っている」

「列車はないんですか？」

ミスター・サヴェージはからかうように眉を上げた。「この山岳地帯でかい？」ルイーザが頬を赤らめるのを見て、彼は言い添えた。「一番近い鉄道はナルヴィクからスウェーデンに向かう線だ。国内の主要幹線はボードーまでしか来ていない」

少なくとも話題は見つかったようだ。「ここへ来るまでに、いくつか橋を見ました」

「美しいだろう？　橋のおかげで、車で行ける島もずいぶんふえた。もちろん、今でもフェリーが行き来しているし、国内便も飛んでいるがね」ミスター・サヴェージは意外にもほほえんだ。「食前酒はこれくらいにして、そろそろ食事を頼もうか？」

二人は大きな窓のそばのテーブルに案内された。窓から下の広場が見える。通りにはたくさんの車や通行人が行き交っていた。照明に明るく照らされているので、雪におおわれた通りはクリスマスのように華やいで見えた。ルイーザはふと思いついて尋ねた。「クリスマスもここで過ごすんですか？」

ミスター・サヴェージはメニューから顔を上げた。「そのときの状況によるな。でも、君には事前にきちんと相談するよ。クリスマスにはイギリスに帰りたいのかい?」

「まさか、とんでもない!」ルイーザはきっぱりと言った。

ミスター・サヴェージは不思議そうに尋ねた。「そんなにノルウェーが気に入ったのかい?　ご家族は?」

「ノルウェーは大好きです」ルイーザはそれだけ言って話題を変えた。「私、スープをいただきます。そのあとは鱈《たら》を」

「鰊《にしん》の燻製《くんせい》で猟犬の嗅覚《きゅうかく》を欺くという話は聞いたことがあるが、君は鱈で話をそらそうというのかい?　ご家族は?」ミスター・サヴェージはウエイターに注文を伝えてから、椅子の背にもたれ、もの憂げな表情でルイーザの返事を待った。

「継母《ままはは》がいるだけです。叔父と叔母もいますが、どちらもかなり離れたところに住んでいて……」

「どこだい?」

「ウィルトシャーとカンブリアです」

スープが運ばれ、ルイーザはほっとしたようにスプーンを取った。ふだんのそっけないミスター・サヴェージも苦手だが、話し好きな彼も困りものだった。これ以上あれこれ質問されたくなかった。

「お継母《かあ》さんのことが好きじゃないのかい？」

ルイーザはテーブルのキャンドルごしにミスター・サヴェージを見た。「ええ」彼女はスープをのみおえた。「質問はもうやめてください」

ミスター・サヴェージは驚いたように眉を上げた。「どうしてだ？　ただ話をしようとしているだけなのに」

「これではまるで取り調べですもの。あの、今造っている橋は、もう完成間近なんですか？」

「ああ、作業は冬の前にほとんど終わった。今のところはたいした仕事もないな」

「私たちも拝見できますか？」

「もちろんさ。まあ、クラウディアは来たがらないだろうがね」

ミスター・サヴェージが苦々しそうに言ったので、ルイーザはあわてて次の質問をした。

「これからほかの土地で橋を造られる予定は？」

「今度は私が取り調べられる番かい？　ああ、この先、三つ仕事が決まっている。もっと北で建設されるものが一つと、ローフォテン諸島で二つだ」

「ここへ来る途中、船がローフォテン諸島の小さな村で停泊しました。たしか、Sで始まる……」

「スヴォルヴァールだな。気に入ったかい？」

「暗かったんですけど、できることなら降りてみたいと思いました。家々に煌々《こうこう》と明かりがともっていて、とてもほのぼのした感じがしました」

ウエイターが鱈の料理を運んできた。「君には驚かされるな、ルイーザ。僕を喜ばせるために調子を合わせているのかい？」

ルイーザは料理を口に運びかけていた手をとめた。「私が？　なぜそんなことをしなければならないんです？」

ミスター・サヴェージは大声で笑い、ほかの客たちが何事かとこちらを見た。「僕の気を引こうとしているんじゃないのか？」

「まさか」ルイーザは一言で片づけ、料理を味わった。ミスター・サヴェージに好感が持てないのは相変わらずだが、いつのまにか威圧的な雰囲気を感じなくなっているのは意外だった。

鱈は絶品のソースがかかり、野菜がふんだんに添えられていた。ルイーザは嬉々《きき》として平らげてから、空気のように軽いスフレに舌鼓を打った。ミスター・サヴェージはデザートにチーズの盛り合わせを食べた。食事中、白ワインを飲んで少し酔ったせいだろう、ルイーザはいつのまにかいろいろな話をしていた。彼に再びイギリスでの生活について尋ねられ、なんとなく話しはじめてしまったのだ。病院での仕事や故郷の暮らしからフランクのことにまで及んだところで、ミスター・サヴェージがじっと見つめているのに気づき、ルイーザはあわてて口をつぐんだ。

「そろそろ妹さんのようすを見に行かなくちゃ」

「コーヒーを飲んでからでいい」

ルイーザはミスター・サヴェージに促されてバーへ戻り、コーヒーを飲みながら天気について話した。なぜか彼にばかにされているような気がした。それで、できるだけ短く切りあげ、夕食について礼を言うと、明日は何時に支度をしておけばいいのか尋ねた。

「十一時だ。絶対に遅れないように。クラウディアが買い物をしたいというのなら、それより前にすませてくれ。朝食はベッドでとらせたほうがいいだろう。私たちは八時半に朝食にしよう」ミスター・サヴェージはルイーザを見おろした。「君は朝食をとらないような愚かな娘じゃないだろうな?」

ルイーザはつんとして答えた。「私も部屋でいただいたほうがいいかもしれませんわ。朝から話し相手をしていただいては申し訳ありませんから」

「朝食のときは話なんかしないよ。ただ、君に細かい指示を与えるとすれば、それが最後のチャンスになるからな」

ルイーザはミスター・サヴェージをにらみつけ、なんとかやりこめる言葉がないものかと考えた。しかし、なにも思いつかなかったので、冷たくおやすみなさいと言い残し、部屋に戻った。

クラウディアはベッドに座って枕《まくら》にもたれていた。ベッドの上には、蓋《ふた》を開けたチョコレートの箱があり、本が何冊も散らばっている。ルイーザが入っていくと、彼女は顔を上げた。「あら、おかえりなさい。やっと兄から解放された？　こっちはなかなか楽しい晩だったわ。客室係に頼んで本とチョコレートを買ってきてもらったの。そろそろ寝なさいって言われそうね」

ルイーザはにっこりした。「まだ大丈夫ですよ。明日は十一時に出発だそうです。朝食はベッドでとりますよね？　早めに出て買い物をしますか？」

「私はいいわ。あなたが買ってきてちょうだい。ハンドクリームとマニキュアが切れそうなの」

「わかりました」ルイーザはそう言うと、おやすみの挨拶《あいさつ》をした。

翌朝、厚いセーターとスラックスとブーツに身を包み、ミスター・サヴェージの機嫌がいいことを祈りながら、時間どおりに階下へ下りていった。

ミスター・サヴェージは先に着いて待っていた。暖かそうな身なりをしている。これから行くところはどれほど寒さが厳しいのだろう？　彼はそっけなくおはようと言い、ビュッフェテーブルに案内した。テーブルには何種類もの食べ物が並んでいた。パン、トースト、ジャム、さまざまなソースで煮込んだ魚。大きなボウルに入ったオートミールもあった。

ルイーザはゆっくりと料理を選ぶと、片手にオートミールのボウル、もう一方の手にトーストと卵料理とジャムとチーズをのせた皿を持って、席へ向かった。

ミスター・サヴェージは立ちあがって皿とボウルを受け取ってくれた。「コーヒーか紅茶は？」

「コーヒーをお願いします」そのあとルイーザはいっさい口をきかず、むっつりした顔で新聞を読んでいるミスター・サヴェージのことは気にせずに、食事を楽しんだ。それにしても、なぜ彼はいつも不機嫌なのだろう？　世の中はそんなに悪いことばかりではないのに。恋人に裏切られでもしたのだろうか？　そう考えたとたん、笑いがこみあげてきた。まさか、彼を振るような度胸のある女性がいるわけがない。そのとき、ミスター・サヴェージが新聞を下ろしてにらみつけたので、あわてて笑いをこらえた。

「なにか言ったか？」

「いいえ」ルイーザはにっこりしてみせた。「私も朝食の席では話をしないことにしているんです」

ミスター・サヴェージはわざと丁寧に新聞をたたんだ。「気をつけたほうがいいぞ、ルイーザ。私はあまり性格が穏やかなほうではないからな」

ルイーザは自分のカップにコーヒーのおかわりをついだ。「私たちはあまり意見が合いませんけど、その点に関してはおっしゃるとおりです。ところで、広場の向かいの大きなデパートなら、たいていのものはそろうでしょうか？」

「〈サンド〉のことか？　とくに変わったものでなければな」彼は腕時計に目を落とした。「買い物があるなら、私にかまわず行ってくるといい」

ルイーザが部屋に戻ると、クラウディアは朝食をとっていた。食べおえたらすぐ支度にかかるようにと言い残し、ジャケットとニット帽を身につけてホテルを出た。外はまだ暗いものの、店は開いていた。

デパートの中は暖かく、ルイーザは売り場から売り場へと走りまわって、十分ほどで目的のものをすべて買いそろえた。クリスマスには継母にプレゼントを贈らなければならないし、病院の同僚や叔父や叔母たちにもカードを送りたい。実家には一度だけ手紙を書き、付添看護師としてノルウェーにいることは知らせたものの、住所は伏せておいた。手紙を書いた友人には、住所は絶対に他人にもらさないように念を押した。これほど自由な気分を味わうのは生まれて初めてだった。妙な話だが、かつてないほど幸せを感じていた。

見てまわりたい売り場はほかにもいろいろあったが、時計を見ると出発時刻まであと一時間しかなかった。ホテルの部屋に戻ってみると、思ったとおり、クラウディアはまだベッドの中でのんびりしていた。こういうときの扱いには慣れている。ルイーザはなだめすかして彼女にシャワーを浴びさせ、着替えさせた。残るは三十分。クラウディアは化粧にたっぷり三十分はかかるうえ、化粧をしなければ外には出ないので、すでにぎりぎりの時間だ。ルイーザは二人分の荷造りをすませ、荷物をロビーへ運んでもらった。荷物が先に着いていれば、ミスター・サヴェージをそれほどいらだたせずにすむのではないかと思ったのだ。

結局、クラウディアを階下に連れていったのは十一時五分過ぎだった。ミスター・サヴェージは無言のまま、当てつけがましく腕時計に目をやった。

よく晴れた日で、雪の白さがまぶしかった。ランドローバーは中心街を出ると、そびえ立つ山を望みながら湾岸の道路をしばらく走り、小さな波止場でとまった。

昨日荷物を運んでくれた男性が三人を出迎えた。クラウディアが不平を言う間もなく、一行はクルーザーに乗りこみ、出発した。クルーザーには広々した快適な船室があり、中はとても暖かかった。クラウディアは分厚い服を着たままクッションつきのベンチでまるくなり、コーヒーが欲しいと言った。

ミスター・サヴェージがルイーザの方を見ずに、全員のコーヒーをついでくるように命じた。「調理室はそこだ」

調理室はクローゼットほどの広さしかないものの、必要な設備はすべてそろっていた。コーヒーはすでにいれてあった。ルイーザはマグカップをトレイに並べ、砂糖とミルクと一緒に船室に運んだ。全員が集まっていた。ミスター・サヴェージは男性をスヴェンと紹介した。ルイーザがマグカップを渡すと、スヴェンはにっこりして受け取った。しかし、ミスター・サヴェージは目を合わせずにぶっきらぼうに礼を言っただけだ。クラウディアに至っては、顔をそむけたまま見向きもしなかった。

けれど、男性二人が船室を出ていくと、クラウディアは体を起こし、マグカップを手にして、周囲を見まわした。「なんてひどい船！」

ルイーザにはこの上なく快適な空間に思えたが、クラウディアと議論する気はなかった。棚の中から膝掛けを出すと、クラウディアに毛皮のコートと帽子と手袋をとるように勧めて、膝掛けをかけた。「疲れているんでしょう。少しおやすみになったら？　目が覚めるまでには目的地に着いていますよ」

クラウディアは意地を張る気力もないようだった。「地獄のような場所に違いないわ。そんなところにいたら死んでしまう」

「きっとよくなりますよ。全快したら、ラースはどんなに喜ぶでしょう」

クラウディアは目を閉じた。「この私が結婚の計画を立ててるなんて、ばかだと思う？　彼にそんな思いきったことができると思う？　アルコール依存症の女と結婚するなんて……」

「あなたはもうすぐ依存症じゃなくなります」ルイーザはきっぱりと言った。「さあ、目を閉じて、楽しい計画をいっぱい立ててください」

クラウディアは言われたとおりにし、すぐに眠りについた。

クルーザーはぐんぐん速度を上げた。ルイーザは窓の外をのぞいてみたが、水しぶきでほとんど景色は見えなかった。いったん脱いだジャケットをまた着こみ、ニット帽を耳の下まで下げて、船室から出てみた。ミスター・サヴェージが舵《かじ》をとっていた。ルイーザの姿を見ると、彼はスヴェンに操縦をまかせ、船室の戸口まで来た。そして、なにも言わずにルイーザのジャケットのフードを頭にかぶせ、顎のところの紐《ひも》を縛ってから、唇にそっとキスをした。

「頬が赤くて、まるで林檎《りんご》みたいだ」

ルイーザは驚きのあまり、なにも言えなかった。言わなくて幸いだった。ミスター・サヴェージはすぐにぶっきらぼうな口調に戻ったからだ。

「うしろにトロムセダルティンデンが見える。今年は雪が早かったから、日曜口はスキー客でにぎわっているだろう。東にはフィンマルク、もう少し行けばリンゲン山脈も見えてくる。左舷《さげん》側に島が二つあるだろう。私たちが向かっているのは左側の島だ」

ルイーザは冷たい風も気にせずに、ミスター・サヴェージが渡してくれた双眼鏡で心ゆくまで景色を眺めた。「人が住んでいるんですね。家が見えるわ」

「たいていは漁師の集落だ。トロムソまでさほど遠くはないし、北に行けば、ハンセンズという小さな村もある。トロムソからハンセンズまでは道路も通っている」ミスター・サヴェージは考えこむようなまなざしでルイーザを見つめた。「気に入ったようだな?」

「ええ。夏はきっとすてきでしょうね」

「ああ」

「橋の建設が一段落したら、イギリスの家にお帰りになったりしないんですか?」きいたとたん、ルイーザは後悔した。

ミスター・サヴェージは顔をそむけ、冷ややかに言った。「そろそろクラウディアを起こしたほうがいい」

ルイーザはおとなしく船室に戻った。ほんの少しの間、いつもの反感が薄れて、彼のことが好きになりかけてさえいたのに……。でも、目的地に着いたら、どうせ彼はすぐに仕事に没頭するだろう。あまり会う機会もなくなるはずだ。それよりも、これから数週間、なんとかクラウディアの気をまぎらせることを考えなければ。なにか彼女が夢中になれるものがあればいいけれど……。クラウディアは以前、小さいころにスキーを習ったことがあると言っていた。スキーに適したスロープなら、周囲の山でいくらでも見つけられそうだ。

ルイーザはコーヒーを温め直し、クラウディアを起こした。「そろそろ着くそうですよ」

クラウディアはうめき、雪深い辺鄙な場所では降りないと頑として言い張った。

「このまま海をさまよっていたら、ラースが訪ねてきてくれても会えなくなってしまいますよ」ルイーザはそっけなく言った。「言うほどひどくはありません。さあ、コーヒーを飲んで、コートを着てください」

「あなたってとことん意地悪ね」クラウディアは言った。「兄と同じ。おなかがすいたわ……」

「降りたらすぐにお昼にしましょう」ルイーザはそう言いながら、これ以上クラウディアの機嫌が悪くならないうちに昼食にできたらと願った。

クルーザーはかなり陸地に近いところを進んでいた。船窓からも、小さな波止場の周囲に立ち並ぶ家が見えた。木の棚に並べられた干し鱈や、〝ホテル〟の看板を掲げた大きな建物も。家はどれも青や赤やピンクといった鮮やかな色に塗られ、灰色の山々と白い雪の風景に明るさを添えていた。

波止場に人影はなかった。波止場で車に乗りこむと、海沿いの道路を左に折れた。道路の両側には小さな家が連なっていたが、やがて商店とホテルが見えてきた。車はその前を通り過ぎたあと、一軒の家の庭に入った。近隣の家と同じように四角い形で、湾と山にはさまれるように立っている。ミスター・サヴェージはドアを開け、なにか叫んでから、二人を中に招き入れた。玄関ホールはとても狭く、その先の廊下の両側にドアが並んでいた。ドアの一つが開き、年配の女性がいそいそと現れた。

ミスター・サヴェージが手短に紹介した。「エルサは日常会話くらいなら英語が話せる。毎日、家事をしに来てくれているんだ」そして別のドアを開け、二人を小さな部屋に案内した。薪《まき》ストーブでは赤々と火が燃え、シンプルながらも快適そうな家具が並んでいた。二人はそこでエルサがいれてくれたコーヒーを味わった。荷物を二階に運んでくれたスヴェンも下りてきて、一緒にコーヒーを飲んだ。

ルイーザとクラウディアはエルサに案内されて二階に上がった。部屋は二つともこぢんまりとしているものの、暖かく、色鮮やかなカーテンと敷物で飾られていた。バスルームも最新の設備が備わっていたが、クラウディアは満足しなかった。「なんてひどいところ！　おまけにこんなちっちゃなバスルームを二人で使わなきゃならないなんて」

「一つで十分じゃありませんか」ルイーザは言った。「どうせ一緒に使うわけじゃないんですから。すぐに昼食だと言ってましたから、身支度をして階下《した》に下りましょう」

クラウディアの機嫌は直らなかった。彼女は、疲れたので昼食はベッドでとると言い張った。

ルイーザが一人でダイニングルームへ行き、事情を説明すると、ミスター・サヴェージは言った。「食べたいなら下りてくるように伝えてくれ。運んでやる必要はない」

「ご自分でおっしゃってください」ルイーザは冷ややかに言い返した。「あなたは妹さんに厳しすぎます」

ミスター・サヴェージはルイーザをにらんでから二階へ行き、やがて、今にも癇癪《かんしゃく》を起こしそうなクラウディアを連れて戻ってきた。ルイーザは二人にはさまれ、重苦しい沈黙の中で鱈とじゃがいもの料理を食べた。

ミスター・サヴェージは食事をすませるとすぐに出ていった。クラウディアはとたんにわっと泣きだした。ルイーザはなんとか彼女をなだめ、ベッドに連れていって寝かしつけた。そして、二人分の荷ほどきをすませてから階下へ行き、お茶は何時かとエルサに尋ねた。

お茶の時間には、クラウディアはだいぶ落ち着いていた。それまでに家の中をひととおり見てまわっていたルイーザは、階段の陰に電話があると彼女に耳打ちした。クラウディアがラースに電話をかけると言って立ちあがった瞬間、彼のほうからかかってきた。ルイーザはまったく理解できないテレビ番組を見ながら、クラウディアのうれしそうな声を聞いて、ひと安心した。

ちょうどそのとき、外から戻ってきたミスター・サヴェージが居間に顔を出し、しばらく廊下の先の書斎にいると言った。「君はどうやって暇をつぶすつもりだ？」

「刺繍《ししゅう》や編み物の道具を二人分持ってきています。本もたくさんありますし。妹さんはスキーができると言ってましたけど、私はしたことがなくて……」

「君もこの機会に覚えるといい。近くに初心者向きのスロープがあるから、土曜日にでもみんなで行ってみよう。近くの商店には本もあるし、三日おきに新聞も届く」

「ときどきはトロムソにも行けますか？」

るだろうな」
「たぶん」ミスター・サヴェージははっきりとは答えなかった。「君は妹に手をやかされ
「覚悟しています。でも、きっとよくなると思いますわ」
ミスター・サヴェージは愉快そうに笑ったが、すぐに真顔に戻った。「そうだといいん
だが。もしまた逆戻りするようなことがあれば、真っ先に知らせてくれ」
「わかっています」ルイーザはつい言い返した。「人に指図するのがなによりお好きなん
ですね。あなたが患者でなくて、本当によかったわ」
ミスター・サヴェージは険しい目でルイーザをにらんだ。「それは意外だな。私が患者
になったら、君にとっては好都合なんじゃないのか。ありとあらゆる手を使って仕返しで
きるからな。いずれにせよ、お互いあまり顔を合わせないほうが精神衛生上よさそうだ」
彼はそう言って廊下へ出ていった。
ルイーザも同意したものの、一人になると、なぜかその考えが名案には思えなくなった。

7

翌朝、ルイーザが朝食をとりに階下へ下りたとき、クラウディアはまだ眠っていた。ミスター・サヴェージはすでにテーブルにつき、列車に乗り遅れたら困るとでもいうような勢いでオートミールをかきこんでいた。それでもルイーザが入っていくと、いったん席を立っておはようと挨拶《あいさつ》し、コーヒーと紅茶のどちらがいいか尋ねた。「それで、クラウディアは？」

「寝ています。あとで朝食をお持ちします」

ミスター・サヴェージは冷たいまなざしを向けた。「なぜ妹を甘やかすんだ？　質素な暮らしが治療に役立つと思って、ここへ連れてきたのに」

「だからといって、事を急ぐ必要はないんじゃありません？」ルイーザはそう言ってオートミールを食べはじめたが、ミスター・サヴェージにいきなりどなりつけられ、スプーンを取り落とした。

「エヴァンズ看護師、君は私に逆らう気か？」

ルイーザは平然としてオートミールに砂糖を振りかけた。「ええ、看護は私の仕事ですから」

「クラウディアにはもう看護師はいらないと言ったら？」

ルイーザは彼をまっすぐににらみ返した。「解雇なさるならご自由にどうぞ。お給料を払ってくださるのは、あなたですから」

ミスター・サヴェージがなんとか激情を抑えようとしているのは、はた目にも明らかだった。彼はトーストを手に取り、クランベリージャムを塗りはじめた。「エヴァンズ看護師、妹のことは意のままに操れるかもしれないが、私はそうはいかないぞ。人に意見されるのがなにより嫌いな性分でね」

「それはわかっていますわ」ルイーザはわざと明るく言った。「でも、妹さんのことはどうぞ私におまかせください。そうすれば、私もあなたのことには口出ししないとお約束します」

ミスター・サヴェージはいきなり噴き出した。「君みたいな女には会ったことがないよ、ルイーザ」彼はテーブルに置いていた書類を集めた。「最初はおとなしくて従順そうな娘だと思っていたのに……。今日は夕方まで帰らないから、あとは頼む」

ルイーザは朝食を食べながら考えた。ミスター・サヴェージには妹の退屈をまぎらしてやるつもりはまったくないらしい。こうなったら私がなんとかするしかない。テーブルを片づけ、キッチンへ行くと、エルサと一緒にクラウディアの朝食を用意した。

外はまだ暗かった。カーテンは閉めたまま、ベッドわきの明かりをつけた。朝は決まって不機嫌なクラウディアが、朝食のトレイを見て目をまるくした。

「どうやって兄を説き伏せたの？　たしか、八時きっかりに下りてこいって言っていたのに……」

「ええ、でも、朝食はベッドでとっていいということで、同意していただきました」

「これからもずっと？」

ルイーザはうなずいた。「いいんじゃありません？　私にはどうせたいした仕事はないし。ねえ、今日は外に出かけてみましょうよ。お店をのぞいて、ホテルでコーヒーを飲んで……」

「そのあとは？」クラウディアがすねたように尋ねた。

「スキーについてもう少し調べてみます。私、どうしてもスキーを覚えたくて。教えてくれませんか？」

クラウディアはトーストにバターを塗った。「まあ、いいけど。そんなエネルギー、私にあるかしら。それに、人に教えるなんてなんだか退屈そう」

「とにかく一、二度試してみて、私に見込みがなかったら、やめてもいいですから」

「わかったわ。暇つぶしにはなるかもしれないわね」

ルイーザは戸口で振り返った。「ラースはきっと、すばらしくスキーが上手でしょうね」そう言い残して、そっとドアを閉めた。

雪を踏み締め、近所に一軒しかない商店に向かう途中、すれ違う人はほとんどいなかった。それでも波止場だけはにぎやかだった。フォークリフトで大きな段ボール箱やさまざまなサイズの荷物を移動させている。空はまだ暗いものの、照明で明るく照らされていた。

そのとき、数人の男性がスノーモービルでルイーザとクラウディアを追い越していった。フィヨルド沿いに曲がりくねった道路の先へと消えていく。たしか、橋はあちらの方向にあるはずだ。ルイーザは一目でいいから見てみたかったが、クラウディアがそんな長い距離を歩くとは思えなかった。

二人は商店に入った。中には驚くほどたくさんの商品が並んでいた。これなら、必要なものはほとんどそろいそうだ。おまけに、今日届いた郵便物の中にラースからの手紙が交じっていた。クラウディアは青ざめた頰を少女のように紅潮させながら、それを大事そうにポケットにしまった。

二人はのんびりと店内を見てまわった。英語のペーパーバックもある程度そろっていて、二日前の『タイムズ』もあった。とりあえずチョコレートを買おうとしてカウンターへ行くと、店番の若い娘が英語で応対した。ルイーザはスキーについて尋ねてみた。娘はすぐにスキーの板とブーツを出してきた。それればかりか、自分の兄をコーチ兼案内係としてつけてくれると言いだした。ルイーザは、コーチはいるからと説明し、板とブーツは明日の朝借りると話した。

そのあと、料金を支払う段になると、娘は一クローネだって受け取れないと言い張った。「ミスター・サヴェージのご家族の方でしょう？　ミスター・サヴェージはお友達ですから、そのご家族もお友達です。お友達からお金をいただくわけにはいきません」

二人は次にホテルへ行き、そこでも驚かされることになった。ホテルは周囲の家よりもいくらか大きい程度の木造の建物だったが、中にはこぢんまりしたラウンジとダイニングルームがあった。さらに、それよりもずっと大きなホールがあり、ビリヤード台やダーツボードや小さなテーブルが並んでいた。冬の間、ここはありとあらゆる目的に利用されるに違いない。壁際には小さいながらもスクリーンと映写機まであり、片隅にピアノも置かれていた。

ほかに客の姿は見当たらなかった。二人がラウンジでコーヒーを注文すると、ホテルの主人が自らコーヒーを運んできた。そして、二人の横に座り、いろいろと教えてくれた。彼の英語は流暢《りゅうちょう》とまでは言えないものの、十分理解できた。郵便物は週に二回届けられること、本や雑誌は商店に注文できること、トロムソまでは天気さえよければいつでも船を出せること。さらに、毎週土曜日には映画の上映会が催され、そのあとダンスパーティがあって、近隣の人々がこぞって集まるのだということも教えてくれた。

「ここでの暮らしは最高ですよ」主人は言った。「山もあればフィヨルドもあります。夏には観光客でにぎわいます。今は橋の建設現場の作業員が泊まっていますから、ここも満室なんですよ」

「でも、その人たちが帰ってしまったら静かになりますね」ルイーザは言った。

主人は首を横に振った。「とんでもない。そのころにはもうクリスマスですよ」

ルイーザは主人とすっかり仲よしになってホテルをあとにした。家に戻ると、エルサが昼食を用意してくれていた。スープとパン、それに、何種類もの魚料理やチーズやピクルスの小皿が並んでいた。クラウディアは疲れたと言いながらも、スープを味わい、コーヒーを飲んでから、居間の大きなソファで横になった。アルコールが飲みたいと言いだすものと思っていたが、ルイーザがテーブルを片づけるころには、クラウディアはすっかり寝入っていた。

クラウディアのことは夕方までエルサが見てくれると言うので、ルイーザはもう一度防寒着を着こんで外へ出た。集落のはずれの家々を過ぎ、カーブを曲がったところで、道路は終わっていた。しかし、そこからも細い道らしき跡が続いている。夕方のような薄明かりの中、その跡をたどっていった。今の季節は昼間でもこれ以上は明るくならないようだ。海からは強い風が吹きつけ、何度もころびそうになった。

真っ暗になって、帰り道がわからなくなったらどうしよう？　ルイーザは不安になりながらも、自分に言い聞かせた。大丈夫よ。スノーモービルは間違いなくこっちの方へ走っていったもの。ここは作業員たちがいつも通っている道に違いないわ。

次のカーブを曲がると、目の前がぱっと開け、めざす橋が見えた。両端が明るく照らされている。そこで働く作業員たちの姿も見えた。このまま進もうかと思ったそのとき、再び雪混じりの風が吹きつけ、今来た道に押し戻された。前方にそびえ立つ山は、すでに闇《やみ》におおわれている。

ようやく集落のはずれまで戻ったとき、うしろから走ってきたスノーモービルがルイーザのそばで急停止した。降り立ったのはミスター・サヴェージだった。彼は冷ややかに言った。「右も左もわからないのに、たった一人で出歩くとはあきれたものだ。昼間でも暗いこの時期は、迷子になることも珍しくないんだぞ」

「橋が見たかったんです。それに、やみくもに歩いていたわけじゃありません。昼前に、こっちに向かう男の人たちを見たんです。だから、きっと道があると思って」

ミスター・サヴェージは不満そうにうなった。「クラウディアはどうしている?」

「午前中は二人で店やホテルに行って、楽しく過ごしたんですよ」ルイーザは得意そうに言い添えた。「スキーの手配もちゃんとしました」

「さすがだな。君はスキーもさぞかし完璧《かんぺき》にこなすようになるんだろう。それで、教えてくれる人は見つかったのか?」

「妹さんに頼みました」

ミスター・サヴェージは愉快そうに笑った。「そうだった、妹もスキーができるのを忘れていたよ」

「笑うことはないでしょう。クラウディアにだって、いい気分転換になります。それに、お店の親切な女の子が、お兄さんを案内につけると約束してくれました。私たちが来るのを最初から見越していたみたいに……」

ミスター・サヴェージはじっとルイーザを見おろしている。「それはそうだろう。彼女にあらかじめ頼んでおいたんだよ。君が訪ねてくるかもしれないからとね。彼女の兄さんのアーネはしっかりした青年だ。クラウディアがコーチ役を投げ出しても、彼がちゃんと教えてくれるだろう」

ルイーザはスノーモービルのうしろに乗せられて家に帰ると、玄関でブーツを脱ぎ、ジャケットをかけて、二階に上がった。ミスター・サヴェージがすべて手はずを整えてくれていたことを喜ぶべきか怒るべきか、自分でもよくわからなかった。

翌朝、ルイーザが朝食をとりに階下に下りたとき、ミスター・サヴェージはいつもどおりの冷ややかな口調でおはようと言ってから、すぐに続けた。「君の言うとおりだったな。クラウディアを朝食に同席させても、よけい険悪な雰囲気になるだけだ。ここに妹を呼び寄せたのは間違いだったんじゃないかと思えてくるよ」彼は情けなさそうにほほえんだ。

昨夜、夕食の席でなんとかクラウディアと会話をしようと試みて、ことごとく無視されたのが、さすがにこたえたらしい。「君に、それ見たことかと言われそうだな」

ルイーザはつんとすまして座り、オートミールに砂糖を振りかけた。「そんなことを言うつもりはありません。私もあなたは正しかったと思っていますから。妹さんには思いきった治療法が必要だったんです」彼女はそこで眉をひそめた。「アルコール依存症について、もっとよく知っていればよかったんですけど……。でも、とにかく妹さんは努力しています。ラースが訪ねてくる予定はありませんか？」

「たぶん、今週末には来るんじゃないかな。トロムソまで飛行機で来ると言っていた。妹にはまだ話していない」

「三日後ですね。今日はスキーに行ってもいいですか？」

「もちろんだとも。天気もよさそうだ。店に寄って、アーネに案内を頼んでおこう」

スキーをしたのは大成功だった。クラウディアはゲレンデに出るとすっかり陽気になり、アーネと一緒にルイーザを引っぱりまわした。ルイーザは脚がからまったり、倒れたり、ころんだりを繰り返していたものの、一時間もすると、すべり方のこつをつかんで楽しくなってきた。

昼食に戻ってきたときには、二人とも健康的に頬を紅潮させていた。クラウディアはアーネにフォームが優雅だとほめられ、有頂天だった。そんなクラウディアを見て、ルイーザもほっとした。クラウディアはいつもよりおいしそうに昼食を食べ、そのあとはもう出かける気力はないと言ったものの、ルイーザに本と膝掛けを持ってこさせると、いつになく幸せそうに居間のソファで横になった。

ルイーザのほうは家に閉じこもっているつもりはまったくなかった。もう一度ジャケットを着こむと、昨日とは反対方向へ行ってみた。しかし、それほど遠くまで行かないうちに道幅が狭くなり、断崖《だんがい》絶壁に出た。やむなくそれ以上先に進むのはあきらめ、今度は波止場へ出かけた。埠頭《ふとう》の突端に立って漁船をのぞきこんでいるとき、突然うしろでミスター・サヴェージの声がした。「スキーは楽しかったか?」

ルイーザは彼の顔を見てうれしくなり、そんな自分に驚いた。「ええ、妹さんも楽しんでいました。明日もまた行くつもりです」

「それはよかった」彼はルイーザの方は見ずにそっけなく言った。

ルイーザはむっとした。「寒くなってきましたから、私は帰ります」

ミスター・サヴェージがついてくるとは思ってもみなかった。二人は並んで波止場をあとにした。商店を過ぎ、ホテルの前に差しかかったとき、彼はルイーザの腕をつかんだ。

「コーヒーを飲んでいこう。そろそろお茶の時間だが、一杯くらいなら飲んでもいいだろう」

ホテルのラウンジでは、数人の男性がテーブルにつき、新聞を読みながらコーヒーを飲んでいた。ミスター・サヴェージはすでに先客のいるテーブルへ行き、椅子を引いてルイーザを座らせた。ルイーザはがっかりした。彼は先客二人を紹介した。「ミスター・アムンゼンとミスター・クヌーセンだ」続いて先客に英語で言う。「ミス・ルイーザ・エヴァンズ、妹につき添ってくれている看護師だ」

二人は見たところまだ若く、新顔に会えてうれしそうだった。そして、橋の仕事や、トロムソに残してきた妻や子供たちについて嬉々《きき》として話した。さらに、ルイーザにノルウェーの感想を尋ね、この地方の特色についてあれこれ教えてくれた。吹雪、雪崩、白夜、トナカイ、ラップランドに住むサーミという狩猟民族……。ルイーザは、コーヒーをいつのまにか飲みおえ、ミスター・サヴェージがおかわりを注文してくれたのもほとんど気づかずに、二人の話に聞き入った。ミスター・サヴェージもゆったりと椅子に座り、満足そうに耳を傾けていた。

やがて彼は言った。「そろそろ帰ったほうがいいな。ちょっと待っててくれ。土曜日の予約を入れてくる」

「そんなに込むんですか?」ルイーザは二人に尋ねた。

「それはもう。このあたりの人たちがみんな、食事と映画とダンスを楽しみにやってくるんだ」

それから二日間は、驚くほど平穏に過ぎた。クラウディアとルイーザは毎朝スキーに出かけた。ルイーザは、最初の恐れが少しずつ薄らいで、だいぶ楽しめるようになってきた。クラウディアも前より素直になり、しぶしぶながら、ここの生活も思っていたほど退屈ではないと認めた。顔色もすっかりよくなり、以前より何歳も若く見えた。

一度だけ、クラウディアが週末にトロムソへ行きたいと言いだし、手をやかされたことがあった。ミスター・サヴェージはラースが来ることをまだ彼女には話さず、〝だめだ〟の一点張りだった。ごねて涙を流すクラウディアを、ルイーザは一時間かけてようやくなだめた。

ラースは土曜日の午前中にやってきた。ルイーザは山裾《やますそ》のゆるいスロープで、おそるおそるすべっていた。アーネと一緒に頂上近くにいたクラウディアは、ラースの姿を見るなり、いっきにすべりおりてきた。ルイーザは、恋する二人のじゃまをしないようにと、下りてきたスロープを少しずつ登りはじめた。そのとき突然、どこからともなくミスター・サヴェージが現れた。

「登るときはスキー板を横にそろえて、それから右足を上げるんだ」彼は言った。

ルイーザは立ちどまってミスター・サヴェージを見あげた。その顔には険しさはなく、いつにもましてハンサムに見えた。「どこからいらしたんです？」

「ラースを空港に迎えに行ってきたところだよ。彼が着替えている間に、山を越えてきた」ミスター・サヴェージは漠然と上の方を示した。

「でも、上には道なんて……」

「あるんだよ。今度教えてあげよう」

一緒にスロープの上まで登ったところで、ミスター・サヴェージがアーネに一声かけた。アーネはにっこりし、いっきに下まですべりおりて店へ戻っていった。

「それじゃ、成果を見せてごらん」ミスター・サヴェージは言った。

真っ白なスロープが目の前に伸びていた。クラウディアとラースは二人でどこかへ消えてしまった。ミスター・サヴェージにいいところを見せようと、ルイーザは精いっぱい優雅にすべりだした。

そのとたんスキー板が交差し、頭から雪に突っこんだ。そのまま起きあがることができず、ミスター・サヴェージに引っぱり起こしてもらった。

彼はルイーザの雪を払ってから言った。「さあ、もう一度。いいところを見せようなんて思わなくていいから」

ルイーザはミスター・サヴェージをにらんだものの、急におかしくなって噴き出した。

「格好をつけたりするからこういうことになるんですよね」今度はさっきより慎重にすべりだした。なんとか下までたどり着き、ころばずにとまることもできた。続いて彼が憎らしいほど颯爽《さっそう》とすべりおりてきた。

「もう一度」ミスター・サヴェージは息をつく間も与えずに言った。「今度は脚をなるべくそろえて、体の力を抜いてごらん。もう少し前かがみになって」

ミスター・サヴェージのレッスンが終わるころには、ルイーザはくたくたに疲れきっていた。それでも、スキー板をコントロールするこつが少しはつかめ、体の硬さがとれたのは確かだった。最後に二人でもうひとすべりすると、彼はルイーザの板をはずし、自分のと一緒に肩にかついで歩きだした。

クラウディアとラースは先に家に着いていた。昼食のあと、二人は居間で一緒にくつろいだ。ミスター・サヴェージは仕事があるからと、さっさと書斎にこもった。ルイーザは手紙を書くと言い訳して、二階に上がった。

ルイーザは結局手紙など書かなかった。暖かく快適な部屋にいながら、なぜか無性に寂しくなった。

その晩、ルイーザは沈みがちな気持ちをふるいたたせて、出かける支度をした。クラウディアがロングドレスを着ると言っていたので、自分も例のグリーンのスカートとジャケットで装うことにした。いつもより念入りに化粧をし、髪も凝った形に結いあげて、今夜一晩、なんとか崩れずにもつように祈った。

ホテルに滞在中のラースは、一足先に帰っていた。シルクのシャツにピンストライプのスーツという洗練されたいでたちのミスター・サヴェージが、ホテルまで女性二人をエスコートした。

ダイニングルームはほとんど満席だった。料理はどれもおいしかった。濃厚なスープと魚料理とフルーツサラダのあとは、香り豊かなコーヒーで締めくくられた。夕食後は、話し好きのラースが笑わせてくれた。そうこうしているうちに、映画の上映時間になった。

ホールに移ると、すでに客席にいた顔見知りの人々が四人を歓迎し、中央の席をあけてくれた。クラウディアとルイーザが真ん中に座り、男性二人がその両わきに腰を下ろした。今夜の上映作品は『サウンド・オブ・ミュージック』だった。ルイーザはこれまで数えきれないほど見ていたものの、楽しさや感動は変わらなかった。目を潤ませて画面に見入っていたので、隣にいるミスター・サヴェージがじっと自分を見つめていたことなど知るわけもなかった。実際、彼はほとんど無表情だったので、その姿をほかのだれかが見たとしても、映画に退屈するあまり、目を開けたまま眠っているのだと思ったことだろう。

映画が終わり、ダンスが始まった。アバの曲がかかると、男性たちはパートナーの手を取ってフロアに出た。ラースとクラウディアが楽しそうに踊る姿を眺めていたルイーザは、埠頭で何度か会ったことのある長身の若者に誘われてほっとした。壁の花になったあげく、ミスター・サヴェージにお情けで誘ってもらったのでは、あまりにもみじめすぎる。けれど、アバの曲が終わり、若者と談笑しているルイーザを再びフロアに連れ出したのは、ほかでもないミスター・サヴェージだった。彼は意外にもダンスの名手だった。少しするとルイーザもリラックスし、ダンスを楽しみはじめた。

「楽しんでいるかい？」

「ええ、おかげさまで」

ルイーザはミスター・サヴェージを見あげた。「私にはわかりません。はやりの店なんて行ったことがありませんから」

「ロンドンのはやりの店と比べたら、かなり見劣りするんだろうな」

それきりミスター・サヴェージは口をきかなかった。二人は黙ってダンスに興じた。ルイーザは途中一曲だけラースと踊り、クラブ調の曲に変わったときは別の若者と踊ったりもした。しかし、それ以外は一晩じゅうミスター・サヴェージがパートナーだった。義務感からそうしてくれたのだと、ルイーザは思った。かといって、楽しくおしゃべりしようという気はないようだった。きっと頭の中では、新しい橋のことでも考えていたに違いない。

楽しい晩にも終わりがきた。みんな厚いコートを着こみ、別れの挨拶をして、それぞれ家路についた。寒さの厳しい晩に長い距離を歩かなくてすんで、ルイーザはほっとした。家に着くと、まっすぐ自分の部屋へ行った。クラウディアを送ってきたラースが、ホテルに戻る前に彼女と二人きりの時間が過ごせるようにという配慮だった。数分後、ルイーザがナイティに着替え、ベッドに入ってうとうとしかけていたとき、ドアをノックする音が響いた。

「起きているか？」開いたドアの隙間《すきま》から声がしたかと思うと、ミスター・サヴェージが中へ入ってきた。ルイーザは体を起こし、ベッドわきの明かりをつけた。

「妹さんはもうベッドに入ったはずです。さっき音がしたと思いますけど」

「ああ、もう寝ているはずだ。実は事故があった。強風でクルーザーが転覆したんだ。乗っていた三人は引きあげられたんだが、怪我《けが》や衰弱がひどい。今、ホテルに運びこんでいるところだ。できるだけ早く手伝いに来てくれないか？」

「五分で行きます」ミスター・サヴェージが出ていくなり、ルイーザは大急ぎで着替えて、階段を下りた。途中、クラウディアを一人にして大丈夫かと心配になったものの、ほかにどうすることもできなかった。

ホテルに駆けつけ、中へ入った。ホールで若者が一人、毛布をかけたテーブルに寝かされていた。二人の男性が心配そうに見守る中、激しく身を震わせている。冷たい海にほうり出され、体温を奪われたせいだろう。だが、顔色はそれほど悪くなく、脈もしっかりしていた。ルイーザは男性たちの手を借りて若者を横向きに寝かせ、気道を確保してから服を脱がせにかかった。ありがたいことに、すでにブーツは脱がされ、乾いた毛布がそばに山積みになっている。ルイーザは男性たちに、腕や脚をこすって温めるように指示し、もう一度脈を確かめてから二人目に移った。

たった今運ばれてきたばかりの男性は、かなり年配で、顔色があまりよくなかった。同じように毛布をかけたテーブルに寝かされている。ルイーザはざっと眺めてから服とブーツを脱がせた。さらに入れ歯をはずし、脈をとった。脈はかなり弱かった。ルイーザは手伝いの者たちに、男性の腕と脚をタオルでこするように指示し、また一人目のようすを見に戻った。だいぶ具合がよくなっている。意識さえ戻れば、一晩やすむだけで回復するだろう。

ルイーザは二人目の男性の手当てに戻った。みんなほとんど口をきかず、黙々と彼女の指示どおりに動いた。ホテルの主人がホールに現れた。妻とともに、コーヒーポットとカップがのったトレイを持っている。トレイにはアクアヴィットという強い酒の瓶ものっていた。

続いて三人目が運びこまれてきた。まだ少年と言ってもいい若さだ。運んできた四人の男性の中に、ミスター・サヴェージの姿があった。彼はホールを見まわし、少年をテーブルに横たえてから、ルイーザに言った。「脚を折っているようだ」

確かに脛骨《けいこつ》を複雑骨折していた。ルイーザは痛々しい骨の露出部分をおおい、ミスター・サヴェージの手を借りて脚をそっと伸ばしてから、添え木を当てた。少年の意識がないのが、せめてもの救いだった。この集落には医師こそいないが、応急処置の器具は最新のものがそろっていた。少年は頭部も打っているようで、片目の周囲に打撲傷が見られたが、脈はしっかりしていて、瞳孔《どうこう》反応も正常だった。ルイーザは静かに的確に処置を終えると言った。「三人とも病院に運ぶ必要があります。症状の軽い人もいますけど、いちおう検査はしないと」

「ラースたちが今クルーザーを用意している。これからトロムソまで運ぶ。君も一緒に来るんだ」

まったく、ここでも命令するつもり？ なぜ来てほしいって言えないの？「わかりました」ルイーザは言った。「クラウディアが一人になってしまいますけど」

「今夜はラースがついていてくれる。それじゃ、行こう」

ルイーザはホテルの主人が渡してくれたコーヒーを一口飲んだ。アクアヴィットが混じっていた。ミスター・サヴェージもぐいと飲みほしている。これから極寒の海へ出ていくのだから、アルコールで体を温めるのはいい考えだった。

三人は次々とクルーザーに運びこまれ、船室のベンチに寝かされた。ルイーザが乗りこむと、ミスター・サヴェージはすぐにエンジンをかけた。クルーザーにはほかに、スキーを教えてくれたアーネと、ルイーザがさっき一緒に踊ったクヌートという若者が乗りこんでいた。

数分もすると、激しい風が吹きつけはじめた。なぜ転覆事故が起きたのか、ルイーザは身をもって知るはめになった。今はこのクルーザーが頑丈にできていることを祈るしかなかった。クルーザーは波にもまれ、激しく揺れたが、船酔いしている暇はなかった。ルイーザは三人がベンチからころがり落ちないように気を配り、ときおり脈をとった。そして、一番症状の軽かった若者が意識を取り戻すと、事情を説明して、心配はいらないとなだめた。

永遠に続くように思えた旅もようやく終わり、クルーザーはトロムソの波止場に着いた。そこにはミスター・サヴェージがあらかじめ電話で要請していた救急車が二台到着していた。ルイーザは少年が乗せられた二台目に乗りこんだ。寒さと疲労で弱りきり、病院に到着したときには、あまりのまぶしさに目がくらみそうだった。少年はすぐに救急外来へ運ばれていった。病院は真新しく、設備も整っているようだ。これほど疲れていなければあちこち見てまわりたいところだが、だれかに言われるままに長椅子に座り、親切な人が渡してくれたコーヒーを飲んだ。やがて目を閉じ、うとうとしていたところを、ミスター・サヴェージに起こされた。

「帰るぞ。救急車で波止場まで送ってくれるそうだ」

ルイーザはうなずいた。「三人は……無事なんですか?」

「ああ。君のおかげだよ、ルイーザ。ありがとう」

ルイーザは波止場で再びクルーザーに乗せられた。船室のベンチでまたうとうとしていると、クヌートにアクアヴィットをたっぷり入れたコーヒーを飲まされ、そのあとはぐっすり眠りこんだ。おかげで、波止場に着くまで揺れも気にならなかった。

クルーザーから降りると、冷たい空気に頭がすっきりした。波止場から家までは、ミスター・サヴェージに抱きかかえられるようにしてなんとか歩きとおした。家の玄関に入ったところでルイーザは尋ねた。「今何時ですか？」

「もうすぐ五時だ。おなかがすいたかい？」

そこで初めて空腹だと気づき、彼女はうなずいた。

「二階へ行って着替えてから、キッチンに下りておいで」

ルイーザはもう一度うなずき、よろよろと寝室へ上がった。ベッドを見たとたん、倒れこみたくなったものの、下りていかなければミスター・サヴェージがようすを見に来ることはわかっていた。そこでナイティに着替え、厚いガウンをはおってキッチンへ下りていった。この際、身だしなみなど気にしている余裕はなかった。髪はくしゃくしゃで、まぶたは腫《は》れ、顔色も悪いに違いない。

キッチンは暖かく、テーブルには皿とナイフとフォークが並べられていた。そして、この世で一番料理をする姿が似つかわしくないと思えたミスター・サヴェージが、目玉焼きを作り、紅茶をいれ、パンを切り分けていた。

二人は向かい合ってテーブルにつき、無言のまま食べおえると、食器を片づけた。廊下に出たとき、ルイーザはここにラースが泊まっているのを思い出して尋ねた。「あなたはどこで寝るんですか？」

「ソファだよ。なんてことないさ」近くで見ると、ミスター・サヴェージの顔はひどくやつれていた。

ルイーザはつい母親のような口調になった。「まあ、そんな。すぐに毛布と枕《まくら》を……」

ミスター・サヴェージは首を横に振った。「いいから、早くベッドに入りなさい」彼はにっこりした。

そのあまりにやさしい笑顔に、ルイーザは目をしばたたいた。すると、ミスター・サヴェージは彼女に口づけした。すばやく力強いキスだった。眠気に襲われていなかったら、驚きに声をあげていたところだ。数分後、ルイーザはベッドに倒れこみ、満ち足りた気分で眠りについた。なぜそれほど満ち足りているのか、その理由は自分でもわからなかった。

8

翌日の昼近く、ルイーザを起こしたのはエルサだった。彼女はベッドまで紅茶を運んできて、ミスター・サヴェージは昨晩の怪我人《けがにん》のようすを見るためにトロムソへ行き、ミス・サヴェージとミスター・ヘルゲセンはスキーに出かけたと教えてくれた。

ルイーザはシャワーと着替えをすませて階下に下り、トーストを一枚食べてから昼食のためにテーブルを整えた。けれど、一時をまわっても、だれも帰ってこなかった。クラウディアはサンドイッチを持って出かけ、ミスター・サヴェージは帰宅時間についてなにも言っていなかったそうなので、もともとだれかが帰ってくる当てはなかった。

ルイーザはエルサに、いつもどおりいったん自宅に帰るように勧めた。エルサはその言葉に従い、防寒着に身を包んで出ていった。やがて二時近くなると、ルイーザはさすがに空腹に耐えきれなくなり、エルサが作ってくれたおいしいキャセロールを取り分けて食べた。そのあと皿を洗うと、今度はお茶の用意をして、居間に移った。しばらくは薪《まき》ストーブのそばで本を読んでいたものの、いつのまにか本を落とし、もの思いにふけっていた。

たぶん、もうすぐイギリスへ帰ることになるだろう。もうクラウディアに看護師は必要ない。ラースの愛さえあれば、一生アルコールには手を出さなくてすみそうだ。二人は結婚して、ベルゲンで幸せに暮らすことだろう。そうなるとミスター・サヴェージは？　彼はきっとこれからも、必要なら世界じゅうどこへでも出かけていって、橋を造りつづけることだろう。彼は一人でも平気なたちだ。イギリスのどこかに家だってあるだろうし、いつかは結婚するかもしれないけれど、どう見ても夫向きの男性ではない。もっとも、一、二度、別人のようにやさしい顔を見せてくれたことはある。親切にしてくれたこともある。ルイーザは彼の笑顔を思い出し、思わずほほえんだ。でも残念なことに、そういう〝もう一人のサイモン・サヴェージ〟はめったに見ることができず、たいていは怖い顔で私をにらみつけている……。

居間は暖かく、ルイーザはうつらうつらしていた。やがてクラウディアとラースの声が聞こえてきて、はっと目を覚ました。

居間に入ってきた二人は、ルイーザを見て驚いた。「朝からずっとここにいるの？」クラウディアはそう尋ねながらジャケットを脱ぐと、帽子とマフラーをとって椅子にほうり投げ、ブーツも脱ぎ捨てた。「兄と一緒に出かけたんじゃなかったの？」

ルイーザは思い出そうとした。早朝、朦朧《もうろう》とした意識の中で、ミスター・サヴェージと出かける約束をしたのだろうか？　もしそうだとしたら、彼に申し訳ないことをしてしまった。「昼まで目が覚めなかったんです」

クラウディアは肩をすくめた。「だったら、最初から兄一人で行くつもりだったのかもしれないわね。トロムソの病院へ行くって言ってたから、あなたも一緒だろうって、勝手に思いこんだの。だって、病院っていえば、あなたの専門でしょう?」

ルイーザはそれには答えず、クラウディアがほうり出した服を拾いあげながら、お茶を飲むかと二人に尋ねた。

二人は飲むと答えた。ルイーザがクラウディアの服を片づけに行っている間に、ラースがキッチンでティーセットを用意してくれた。クラウディアは幸せそうだったが、少し疲れているようにも見えた。

「どこへ行っていたんですか?」階下に戻ってくると、ルイーザは尋ねた。

「二人で何キロもすべったの。まるで天国にいるみたいだったわ」クラウディアはうっとりした顔で言ってから、ラースに尋ねた。「ねえ、どうしてもベルゲンへ帰らなきゃいけないの?　もう一日だけいて。ね、いいでしょう?」

ラースは首を横に振った。「だめだよ。どうしても帰らないと。でも、またすぐに訪ねてくるさ」

「なぜあなたと一緒にベルゲンへ行っちゃいけないの?」クラウディアは泣きそうな声で言った。

「ここでもうしばらく過ごすことが、君にとって必要だからだ。僕は、健康で美しい君を妻に迎えたい。いつまでも待つ覚悟はできているよ」

ルイーザは紅茶をついだものの、自分がじゃま者のように思えてきた。一杯だけ飲んだところで、キッチンへ引っこみ、別のポットで紅茶をいれて一人で飲んだ。二人はたぶん、私がいなくなったことに気づいてさえいないだろう。そう思うと、たまらなく寂しくなった。

一時間後、居間に戻ってみると、二人はまだおしゃべりに夢中だった。ルイーザは、夕食はどうするかと二回繰り返して尋ねなければならなかった。

「私たち、ホテルで食べるわ」クラウディアが言った。「兄もそろそろ戻ってくるでしょうから、あなたたち二人で食べなさいよ」そして、鍵《かぎ》を持って出かけるから起きて待っていなくてもいいと言い残し、ラースとともに出ていった。

一人居間に取り残されたルイーザは、ティーセットを片づけ、ストーブに薪をくべて再び腰を下ろした。ミスター・サヴェージが七時までに帰ってこなかったら、一人で夕食を食べようと心に決めた。

結局、七時半になってようやくあきらめ、一人で夕食をすませた。トロムソから帰る途中、クルーザーが転覆でもしたのだろうか？　いや、それよりも、どこかのホテルで美しいノルウェー女性と食事でもしているに違いない。ルイーザは鬱々《うつうつ》と考えては、私にはなんの関係もないことだと自分に言い聞かせた。

十時には待つことにもうんざりし、皿を洗ってキッチンを片づけ、ベッドに入った。まもなく、クラウディアとラースが帰宅した気配がし、ほどなくして、クラウディアが二階に上がってくる物音がした。

ミスター・サヴェージが足音を響かせて帰ってきたのは、だいぶ夜も更けてからのことだった。ベッドに入ってから何時間も耳をすましていたような気がした。ミスター・サヴェージがストーブに火をつける音や、キッチンでたてる物音に、ルイーザは耳をそばだてた。ガラスがぶつかり合う音がする。ウイスキーを飲もうとしているのだろう。きっと、ずぶ濡《ぬ》れになって体の芯《しん》まで冷えきり、おなかをすかせて帰ってきたに違いない。ルイーザはすぐに階下に下りていってキャセロールを温めてあげたい衝動に駆られたものの、なんとかベッドにとどまった。彼が二階に上がってくる物音がしたのは、それからさらに一時間がたってからのことだった。ルイーザはそのあとようやく眠りについた。

翌日は、かなりつらい一日となった。ラースが帰ってしまったあとのクラウディアは、最悪の状態だった。ベッドから出ることを拒み、久しぶりにルイーザに朝食のトレイを投げつけた。そして、今すぐここを出てベルゲンへ行く、だれにもとめさせないと泣きわめいた。ルイーザが皿の破片を拾い集めているとき、ミスター・サヴェージがやってきた。今にも雷を落としそうな彼の形相を見て、ルイーザは部屋から追い出した。

「どなったところでなんの役にも立ちません。ラースがいなくて悲しんでいるだけなんです。時間がたてば落ち着きますから」階段の下までミスター・サヴェージを追いたてたところで、ルイーザはきっぱりと言った。「さあ、もう行ってください。好きな橋でも造っていればいいじゃないですか。あなたなんて、落ちない橋の造り方は知っていても、女心はちっともわかっていないんですから」

それまで怒りにゆがんでいたミスター・サヴェージの顔に、ぱっと笑みが広がった。「確かにそのとおりだな、ルイーザ。まったく、君って女は残酷だよ」彼はルイーザの鼻の頭にキスをすると、彼女をくるりとまわして階段の方を向かせた。「さあ、行った行った！」

さすがのミスター・サヴェージも、夕方まで家に戻ってはこなかった。クラウディアも自分なりに、なんとか落ち着きを取り戻そうと努力していた。ラースからの電話も役に立った。もちろん、ルイーザがなにを言われてもじっと耐え、そばについていたことの意味は大きかった。クラウディアは自己嫌悪に陥ってしばらく泣きつづけてから、ふと思いついたように言った。「なぜあなたがこんな私にずっとつき添ってくれているのかわからないわ。もし私があなただったら、とっくに見捨てて逃げ出しているもの」ルイーザがなにか言う暇もなく、クラウディアは再びわっと泣きだした。

その夜、帰宅したミスター・サヴェージは、珍しいことに愛想がよかった。腕いっぱいの雑誌と新聞の最新版をかかえてクラウディアの寝室に現れると、女性二人ににこやかに挨拶《あいさつ》し、雑誌を置いてから、書斎へ引きあげた。

そして夕食の間は、ベルゲンやラースの仕事やスポーツの好みなどについて静かに語った。さらにベルゲンの教会について話したあと、ラースはいつも聖ヨルゲン教会に行くのだと言った。「式を挙げるなら、あそこがいいだろうな。英語で執り行うこともできるそうだからね」

クラウディアが料理をつつくのをやめて顔を上げた。「ラースと結婚してもいいの？　私がすることには、今までことごとく反対していたくせに。私の友達のことだって毛嫌いして……」

ルイーザはミスター・サヴェージが怒りを爆発させるものと思い、覚悟したが、彼は穏やかな表情を崩さなかった。「君だってわかっているだろう、なぜ僕が彼らを嫌っていたのか。あの連中は本当に必要な友達なのかい？」彼は肩をすくめた。「僕が首を突っこむ問題じゃないが、ラースだって、彼らのことを知ったら、あまりよくは思わないだろうな」

「それくらい、言われなくたってわかっているわ。もう友達なんていなくていいの。彼がいてくれるから」クラウディアは席を立った。「あまり食欲がないの。もうベッドに入るわ。ルイーザ、あとでコーヒーとサンドイッチを持ってきて」

「なんだ、あの口のきき方は。今までなら、クラウディアにあやまらせていたところだ。そんなことをしたら君にたしなめられるとわかっているから、やめておいたがね」ミスター・サヴェージは静かに言った。

「あんなふうに私に当たるのは、ラースがいなくて寂しくてしかたないからですわ」

「君はどうなんだ？　寂しいと思うことはないのか？」

「ええ。今はとっても充実していますから。妹さんはもうほとんど治りかけています。前は逆戻りしたかもしれませんけど、今度こそ大丈夫です。ラースはきっと妹さんを支えつづけてくれるでしょう」

「君もそんなふうに愛されたいと思うことはないのかい、ルイーザ？」

「もちろん思いますけど、だれもがそういう相手にめぐり合えるわけではないでしょう？」

ミスター・サヴェージは答えなかった。だが、しばらくして言った。「君たち二人をトロムソにショッピングに連れていこうかと思っているんだが、予報ではあまり天気がよくないようだ」

「二、三日うちにはよくなるかもしれません。きっと妹さんにはいい気晴らしになりますわ。ゆうべの方たちの具合はどうでした？」

「経過は良好だよ。二人は二、三日で退院できるそうだ。少年だけはもう少し入院することになるが、トロムソに親戚《しんせき》がいるそうだから、それほど心細い思いはしなくてすむだろう」ミスター・サヴェージはルイーザをじっと見つめた。「みんな君の働きに感心していたよ」

ルイーザはからの皿を見おろした。なんと応じたらいいのかわからなかった。しばらくして、あまりの沈黙に耐えられなくなって口を開いた。「ミスター・サヴェージ……」

「困ったものだな。なぜ僕はいつまでもミスター・サヴェージなんだ？　ラースやアーネやクヌートはファーストネームで呼ばれて、なぜ僕だけ、怪奇小説に出てくる怖い男みたいに呼ばれなければならない？　まったく、ミスター・ハイドじゃあるまいし。僕の名前はサイモンだよ」

ルイーザは答えに窮して、欲しくもないコーヒーのおかわりをついだ。しばらくして、静かに言った。「だって、あなたは怖いもの」

ミスター・サヴェージはため息をつき、立ちあがった。「僕は仕事があるから、これで失礼する」彼は冷たく言った。「おやすみ」

翌日の晩まで、ミスター・サヴェージとは顔を合わせなかった。夕食になるころ、ルイーザはすっかり疲れきっていた。クラウディアは努力してはいるものの、なにかにつけて手がかかった。ルイーザはラースが今度の週末にやってくることを思い出させたり、新しい服を買いに行く計画について話したりして、なんとか彼女の気持ちを明るくしようとした。

「こうなったら山ほど服を買ってやるわ」クラウディアは宣言した。「全部兄の支払いにしてね。着のみ着のままでお嫁に行くなんて、まっぴらごめんよ」

いくらなんでもそんな言い方はないだろうと思いながらも、ルイーザは聞き流し、クラウディアに元気が戻ったのを喜ぶことにした。けれど、クラウディアが夕食の席でまた買い物の話題を持ち出したとき、ルイーザは思いがけず、居心地の悪さを味わわされるはめになった。

ミスター・サヴェージは疲れたようすでどことなく不機嫌だったが、クラウディアの提案をすんなり受け入れ、必要なものはなんでも買うように言った。さらに、飛行機でオスロに飛んで買い物をしてはどうかとまで勧めた。

「それはつまり、ここからもうすぐ離れられるってこと?」クラウディアは尋ねた。

「ああ、君しだいだよ、クラウディア」

「私、お酒はもう一滴も飲まないわ」クラウディアは約束した。「ラースにもそう誓ったの。だって、必要ないもの。それで、ルイーザはどうなるの?」

ミスター・サヴェージはちらりとルイーザの方を見てから、クラウディアに向かってさりげない口調で言った。「彼女の仕事はなくなるだろうな」

まるで、ルイーザがここにいないかのような言い方だった。ルイーザはむっとした。仕事はいつまでなのか尋ねようと思ったが、ミスター・サヴェージが言いだすまで待つことにした。もうどうでもいいという気分になっていた。結局、わざわざきくまでもなく、答えはすぐに出た。

「今週いっぱいということでどうだい？」ミスター・サヴェージは言った。「週末にはラースが来るし、僕の仕事もあと四、五日で終わる。クラウディア、君とラースは一緒にベルゲンへ戻ればいい。ルイーザは、その前の日に飛行機で発《た》てるよう手配しよう」

「ロンドンへ？」クラウディアがたいした興味もなさそうに尋ねた。

「ほかにどこへ帰るというんだ？」ミスター・サヴェージはまたルイーザの方をちらりと見た。

ルイーザは精いっぱいの笑みを浮かべ、明るく言った。「まあ、うれしいわ。クリスマスを故郷で過ごせるのね！」

考えただけでもぞっとした。その前に別の働き口を見つけなくては。職業紹介所へ行き、なんでもいいから、すぐに就職しよう。できれば忙しい仕事がいい。ノルウェーやクラウディアやサイモン・サヴェージのことを思い出す暇もないくらい忙しい仕事が……。

幸せな未来が見えてきたおかげで、クラウディアの精神状態はかなり安定した。それから二日間、彼女は朝食前に起き、自分でベッドを整えた。ルイーザをスキーに誘い出し、鏡の前でむだに過ごす時間もめっきり少なくなった。そんなクラウディアを見ていると、ロンドンで面接をしたのと同じ女性とはとても思えなかった。その一方で、クラウディアが自分自身とラース以外のことにほとんど関心がないのは相変わらずだった。これで結婚まで一人気ままに羽を伸ばせると喜び、ルイーザとの別れを惜しむようすはまったくなかった。

「別にあなたのことが嫌いというわけじゃないのよ。でも、私にとってはまるで手かせ足かせみたいな感じだったから。まあ、看護師である以上、そう思われるのはしかたないわね。たいていの人にしてみれば、できればかかわり合いたくない相手ですもの」そう言うと、クラウディアは愉快そうに笑った。ルイーザも調子を合わせて笑ったものの、心は深く傷ついていた。

その晩、ミスター・サヴェージはルイーザの傷口をいっそう広げるかのように、ノルウェーのクリスマスの楽しさについて長々と話して聞かせた。「クリスマスイブには、正午になるとすべての会社や店が閉まるんだ。夜は小羊の料理で祝い、そのあとはみんなでクリスマスツリーのまわりに集まって、クリスマスキャロルを歌う。クリスマス当日もだいたい同じように過ごして、その翌日――贈り物の日《ボクシング・デー》と呼んでいる日には、スキーや橇《そり》で遊び、ごちそうを用意して盛大なパーティを開くんだよ」彼は黒い瞳でまっすぐにルイーザを見た。「君も楽しめたらよかったのに」

ルイーザはいらだちを覚え、そっけなく言った。「そうですね。とっても楽しそう」

口に出したとたん、それこそがなにより望むことだと気づいた。クリスマスも、そのあともずっと、ノルウェーに、いや、サイモン・サヴェージのそばにいたい……。彼に恋してしまうなんて夢にも思っていなかった。彼は気むずかしいし、ぶっきらぼうだし、おまけに短気で横暴だ。でも、私にとっては、生まれて初めて結婚したいと思った男性なのだ。

「ばかばかしい！」ルイーザが思わずつぶやくと、ミスター・サヴェージが驚いたように彼女を見た。ルイーザはあわてて言った。「イギリスへは直行便があるんですか？　それとも、乗り継がなくちゃならないのかしら？」

「まずトロムソからベルゲンへ飛んで、ベルゲンでヒースロー行きの便に乗り換えだ」

「すてき」ルイーザはわざと待ち遠しそうに言い、旅の楽しさや、故郷のクリスマスの光景や、友人たちと再会することの喜びについて語った。演技に没頭するあまり、ミスター・サヴェージが疑わしげなまなざしを向けていたのにもまったく気づかなかった。

その夜、ルイーザは眠れないまま、もう一度ミスター・サヴェージとゆっくり語り合う機会があればと願った。しかし、その願いはかなわなかった。翌朝の朝食の席でも、彼はいつにもまして近寄りがたい雰囲気を漂わせていた。そして、クラウディアにそっけなく、今日はスキーには出かけないようにと命じた。「天気が荒れるそうだ。トロムソの空港に飛行機は降りられないだろうな」

「ラースは来られないの？」

「だったら私が行くわ」

「たぶんね」

クラウディアはミスター・サヴェージをにらんだ。「だったら私が行くわ」

「いや、君がトロムソへ行ったところで、飛行機が着陸できなければ同じことだよ。彼に電話をかけてみるといい」

クラウディアの返事を待たずに、ミスター・サヴェージは席を立った。ルイーザはそのあと十分間、クラウディアが並べたてる兄の悪口を聞かされるはめになった。もっとも、自分の問題で頭がいっぱいで、ほとんど耳には入らなかったが。

午前中のうちにラースのほうから電話がかかってきた。ノルウェー南部が大規模な吹雪に見舞われていて、飛行機は全便が欠航しているということだった。ラースができるだけ早く行くからと伝えても、クラウディアは泣き叫ぶばかりで、すぐにベルゲンへ連れていってと駄々をこねた。ラースは、あまり長く足止めされるようなら、クルーズ船で行くからと言ってなだめたが、クラウディアは結局沈んだ顔のまま部屋に引きこもってしまった。

クラウディアがようやく階下に下りてきたのは、正午近かった。風は強いものの、空は青く、窓から見る限り雲一つなかった。「きっと吹雪はおさまったんだわ。雪が降る気配もないし」

ルイーザも空を見あげた。「ここからではよくわかりませんよ。そろそろあなたの分の荷造りをしましょうか?」

クラウディアは椅子にぐったりと身をあずけ、本を手にした。「お昼を食べてからでいいわ。それより、買い物に行ってきてくれる？　どうしても必要なものがあるの。あなたがジャケットを取ってくる間に、リストに書き出しておくわ」

ルイーザが渡されたリストはかなり長いものだった。「こういうものだったら、いくらでもベルゲンで買えるんじゃありません？　それほど急ぎのものでもなさそうだし……」

クラウディアは本から顔も上げずに言った。「いいから行ってきて。今欲しいのよ。それとも、行くのが面倒くさくなったの？」

ルイーザは言い返したいのをこらえ、無言のまま家を出た。もうどうだっていい。なにもかも、まもなく終わるのだから。

こまごましたものをさがし、アーネの妹と少しおしゃべりをしたので、買い物には十五分かかった。帰るころには、フィヨルドの水は鉛色に変わり、空の青さもくすんでいた。やはり天気は崩れるようだ。ルイーザは家に戻り、まっすぐに居間へ行った。クラウディアの姿はなかった。キッチンをのぞくと、昼食の支度をするエルサがどこか落ち着かないようすだった。

「よかった、帰っていらして。ミス・サヴェージがスキーを持って出かけてしまったんです。こんなお天気だからと、おとめしたんですけど。ミスター・サヴェージにお知らせしたほうがいいですよね？　雪が降りだしたら、道に迷ってしまいますから」

ルイーザは買い物籠《かご》をテーブルに置いた。「どこへ行くか言ってた?」エルサが首を横に振るのを見て、彼女はさらに尋ねた。「どれくらい前?」

「十分ほど前です」

「だったら追いつけるかもしれない。コーヒーをわかして魔法瓶に入れてちょうだい。あと懐中電灯も用意して。それがすんだら、すぐミスター・サヴェージに電話してね」ルイーザはキッチンの壁にかかっていたリュックサックを取り、エルサが昼食用に切ったパンと板チョコ、それにドレッサーに置かれていた麻紐《あさひも》をつめた。こういうときにどんな装備が必要なのか、見当もつかなかった。さらに、コーヒーを入れた魔法瓶と懐中電灯も加えた。こうしているうちにも、クラウディアはさらに遠くへ行ってしまったかもしれない。ルイーザはリュックサックを背負い、すぐにミスター・サヴェージに連絡するようエルサに念を押してから、スキーをかついで家を出た。集落のはずれまで来たところでスキーをはき、いつもすべりに来ていたスロープを登りはじめた。クラウディアがここを通ったのは間違いない。雪に真新しいスキーの跡がついている。頂上まで登れば、周囲がよく見渡せるはずだ。

　頂上にたどり着くまでに気が遠くなるほどの時間がかかった。あせるあまり二度もころげ落ち、もう一度登り直さなければならなかった。ルイーザは頂上で息を整えながら、眼前に広がる景色を眺めた。雪におおわれた山々が何キロにもわたって連なっている。その広大さに身がすくむほどの恐怖を感じた。しかし、それ以上に恐ろしいのは、空に垂れこめた厚い雲だ。不気味な雲が見る間に青空を隠していく。吹きはじめた強風が、さらに雲の動きを速めた。けれど、空など眺めていてもなんの役にも立たない。ルイーザはゴーグルを頭の上に上げ、前方のスロープに目を凝らした。

はるか遠くにクラウディアの姿が確認できるまで、まる一分はかかった。クラウディアはルイーザの目の前のスロープを下り、さらにその先にある別のスロープを登ろうとしている。ラースと一緒にすべったルートをたどろうというのだろう。これから先の険しい道のりを考えて、ルイーザは身震いした。今立っている頂上から先へは、まだ行ったことがない。でも、ぐずぐずすればするほど、恐怖は増すばかりだ。ルイーザは大声で叫んでみた。それが聞こえたのか、クラウディアはいったん動きをとめたものの、すぐにまた進みはじめた。ルイーザはゴーグルを下ろし、もう一度雲を見あげてから、思いきってすべりだした。

意外なことに、思ったほどむずかしいコースではなかった。スロープは長くても、さほど急ではない。下まですべると、今度はその先のスロープを一歩一歩登りはじめた。クラウディアはすでに尾根を越え、姿が見えなくなっている。その先にはどれほど厳しいコースが待ち受けているのか、想像もつかなかった。紙吹雪のように乾いた雪がはらはらと舞いはじめた。ルイーザははやる気持ちを抑えて、確実に進むことに決めた。下手に急いでも、ころげ落ちれば、よけいに時間がかかる。

尾根のてっぺんに到達したときには雪は本格的に降っていて、あたりはいっそう暗くなっていた。ルイーザは尾根の上で荒い息をつきながら、周囲を見まわした。すでにかなり視界が限られていた。風がますます強くなっている。必死に目を凝らしたが、クラウディアのスキー跡は雪におおわれてまったく見えない。ルイーザはゴーグルをふき、大声で叫んだ。

叫び声が返ってきた。弱々しくて、どこから聞こえてきたかはわからない。前方のスロープの先は、まったく見えなかった。いっきに下まですべりおりたら、クラウディアを追い越してしまうことになるだろうか？　二人とも迷ったら、よけい面倒なことになる。ルイーザは声に出して祈った。「神様、どうぞお力をお貸しください」すると、ほんの数秒間、風がぴたりとやんで、雪がまばらになった。スロープを半分ほど下ったところに黒い点が見えた。「ああ、神様、感謝いたします」

ルイーザは狙《ねら》いを定めてすべりだした。方向転換はまだ習っていないので、まっすぐ行った先にクラウディアがいてくれるように祈るしかなかった。

その祈りは通じた。ルイーザは寸分の狂いもなくクラウディアのいる場所にすべりおりた。だが、とまることができずに彼女に体当たりした。二人は手足とスキーをからませ、一緒にころがり落ちた。クラウディアが先に立ちあがり、ルイーザの手をつかんで引きあげた。

クラウディアは情けなさそうに言った。「自分がここまでばかだったとはね。ごめんなさい、ルイーザ」彼女がルイーザにあやまったのは、これが初めてだった。そしてたぶん最後だろうと、ルイーザは思った。

「どこかに避難しなくては」ルイーザは言った。「エルサに、ミスター・サヴァージに連絡するように頼んでおいたから、今ごろは捜索隊が助けに向かってくれているはずです。でも、こんなところでただ待っていたら、凍え死んでしまう」

クラウディアはルイーザの腕をつかんだ。「近くに小屋があるわ。ラースと前にここへ来たとき、通りかかったの。たしか左手にあるはずよ。草ぶきの屋根の粗末な小屋だけど」

ルイーザはリュックサックに入れてきた紐のことを思い出した。「その小屋をさがしましょう。でもその前に、はぐれないようにお互いを紐で結んだほうがいいわ」クラウディアに背を向け、リュックサックの中から紐を出してもらった。

二人とも分厚い手袋をはめたままなので、紐を結ぶのは容易なことではなかったが、なんとか二重にした紐でお互いを結びつけた。どちらかがころがり落ちたら切れてしまいそうな細い紐でも、ないよりはましだ。雪はいっそう激しく降りしきり、一メートル先も見えない。それでも、ときおり雪と風の勢いが弱まると、山の輪郭だけはぼんやりと見えた。

クラウディアの記憶を頼りに二人は小屋をさがし歩いた。やがて何度もあきらめかけた末に、ようやく小屋を見つけ出した。クラウディアは安堵《あんど》のあまり泣きだした。

ルイーザは自分も泣きたいのをこらえて言った。「凍死したくなければ、さっさと中に入って。コーヒーとパンとチョコレートを持ってきたわ」

小屋に入ると、ルイーザは中を見まわした。小さいながらも、しっかりした造りだった。窓はなく、戸口にはドアがない。それでも、雪と風をしのぐには十分だった。ルイーザはリュックサックからコーヒーを出してクラウディアに飲ませ、自分も飲んでから、食べ物を分け合った。さらに、狭い小屋の中で動きまわり、冷えきった体を温めた。クラウディアはじきにリュックサックに腰を下ろし、凍え死んでもいいからもう動けないと言った。

「どうしてこんなことをしたの？」ルイーザは尋ねた。

「さあ、なんだかむしゃくしゃしたのよ。いつもサイモンにあれこれ命じられるのがいやで、むきになって逆らってきたから、今回もただそうしたかっただけなのかもしれない」クラウディアは半べそをかきながら笑った。「ここから生きて帰れたら、今度こそ私、生まれ変わるわ」彼女はルイーザの方を向いた。「あなたはなぜ来たの？」

「今はまだ、ミスター・サヴェージからお給料をもらっている身ですもの」彼のことを思っただけで、ルイーザは泣きたい気持ちになった。「そうだわ、懐中電灯を振って、助けを呼んでみましょう。今何時？」

「二時過ぎよ」

ずいぶん長く感じられたが、家を出てからわずか二時間ほどしかたっていない。ちょうど雪も弱まっている。今ごろはきっと捜索隊がこちらへ向かっているはずだ。ルイーザはそれを信じて、小屋の外で懐中電灯を振った。

懐中電灯をしばらく振りつづけてから、いったん中に戻って休むことにした。クラウディアはすでに眠りこんでいた。それがいいことなのかどうかはわからないが、二十分くらいなら大丈夫だろうと思い、彼女の体を抱き締めて、温め合った。

三十分が経過したころ、ルイーザはクラウディアを起こして立たせた。そして、二人で体を動かした。そのあと、また外に出て、懐中電灯を照らした。しばらくつけては、周囲に明かりがないか、ぐるりとようすをうかがう。それを何度か繰り返し、うしろを振り向いたとき、一つの明かりが見えた。

ルイーザは興奮のあまり、持っていた懐中電灯を取り落とした。あわてて拾いあげようと、真っ暗な中で雪の上にかがみこみ、大声で助けを求めるのも忘れて必死にさがした。捜索隊に見落とされて、飢えと寒さで死ぬのだけはごめんだ。早く懐中電灯を見つけ出して、もう一度つけなければ。泣きながら雪の上に這《は》いつくばっていたそのとき、だれかがすぐそばで雪を踏む音が聞こえた。次の瞬間、彼女は地面から引っぱり起こされ、息もできないほどぎゅっと抱き締められていた。

「無事でよかった」ミスター・サヴェージが言い、ルイーザの冷えきった顔じゅうにキスをした。それから、首に提げていた懐中電灯を背中にまわし、後続の男たちに居場所がわかるようにした。「みんなもすぐに来てくれるよ。クラウディアは？」

「中です」

ミスター・サヴェージは小屋の中に入ると、クラウディアに静かに話しかけた。彼女は泣き叫んでいたが、途中、一度だけ泣くのをやめて言った。「ずいぶん時間がかかったのね」

ミスター・サヴェージが持ってきたコーヒーを飲んでいると、男たちが次々に小屋に入ってきて、狭い小屋はいっぱいになった。みんな二人が無事だったことを喜び、コーヒーやサンドイッチを差し出した。アーネがルイーザのそばにかがみこみ、にっこりして言った。「ここまで来るなんてすごい上達ぶりだ。もうどんなコースも怖くないね」

ルイーザもほほえみ返した。「でも、やっぱり怖かった。私は臆病《おくびょう》者だもの。みなさんにご迷惑をおかけしてしまって、申し訳ありませんでした」

ルイーザのすぐうしろにいたミスター・サヴェージが静かに言った。「君はなにも悪くないよ、ルイーザ。クラウディアを追いかけるとは、君の勇気はたいしたものだ。面倒をかけたのは妹のほうさ。僕もクラウディアの面倒をみるのにはほとほと疲れ果てたが、うまい具合に間抜けなヘルゲセンが一生引き取ってくれることになった」

「二人とも、きっと幸せになるわ」ルイーザはむっとして言い返した。

捜索隊は橇を用意していた。クラウディアは毛布にくるまれて、そのうちの一台に乗せられた。

ルイーザは断固として橇に乗るのを拒否した。「ここを離れる前にスキーをする最後のチャンスだもの」

ミスター・サヴェージは家に帰り着くまで、ずっとルイーザの隣をすべってくれた。彼女がころぶたびに助け起こし、雪を払いながら、がんばれと励ましてくれた。これほどの幸せを感じたのは生まれて初めてだった。雪も風も山も、もう怖くはなかった。なにもかもがすばらしいものに思えた。今ならミスター・サヴェージを〝サイモン〟と呼べる。ルイーザは目を閉じ、彼のキスを思い出した。そしてまたころんだ。家はもうすぐそこだ。

天国は、ありふれた日常から角を曲がったすぐそこにある。ルイーザはそれを実感していた。

9

しかし、実際には、天国はルイーザが思っていたよりもだいぶ遠かった。家に戻ったところで、もうひと騒動あったのだ。クラウディアは、今にも気絶しそうだ、すぐにお風呂に入りたい、おなかがすいた、ラースに電話をかけたいと次々に要求しては、ルイーザをてこずらせた。しかも、助けてくれた人たちにはそっけなく礼を言っただけで、さっさと二階に上がってしまった。かわりに彼らにコーヒーやペストリーをふるまい、感謝の気持ちを表したのは、ルイーザとエルサだった。

一方、サイモンはといえば、ルイーザが気づいたときにはもういなくなっていた。ルイーザは捜索隊の最後の一人が帰るのを見送ったあと、またしてもクラウディアに呼ばれて、二階へ行った。

「いったいなにをしていたのよ?」彼女はいらだたしげに言った。「クリームを塗ってほしいの。このままにしておいたら、お肌がぼろぼろになっちゃう。ああ、疲れたわ」

「私も疲れました」ルイーザはつぶやき、クラウディアの体に手早くクリームをすりこむと、これ以上あれこれ要求されないうちに、彼女をベッドへ追いたてた。「エルサが遅くまで残っていてくれたんですよ。もうすぐスープを運んできてくれるはずです。私はお風呂に入りますから」

ルイーザが湯につかり、うっとりとサイモンのことを思っているちょうどそのとき、彼は帰ってきた。そしてまたすぐに出ていった。サイモンはエルサから、クラウディアがすでにベッドに入り、ルイーザもたぶんそうしたのではないかと聞かされたので、ホテルで食事をすることにしたのだ。そうとは知らないルイーザは、くたくたに疲れながらもきちんと化粧をし、ノルディックセーターとスカートに身を包んだ。そして、サイモンとの夕食を楽しみに階下へ下りていった。けれど、テーブルには一人分の夕食しか用意されていなかった。ルイーザが尋ねると、エルサは言った。ミスター・サヴェージはお一人のようすを確かめに帰っていらしただけで、ホテルに行かれましたと。

ルイーザは死ぬほど疲れていたものの、エルサが帰宅するのを見届けた。時刻はすでに十時だった。サイモンはまだ帰ってこない。今夜家で寝るつもりなら、もう帰ってきてもいいはずだ。でも、これはむしろ幸いかもしれないと、ルイーザは思った。今サイモンの顔を見たら、なにかばかなことを言ってしまいそうだった。あのキスにはやはりなんの意味もなかったのだ。明日の朝には、彼はまた〝ミスター・サヴェージ〟に戻っているだろう。

その予想は当たっていた。翌朝、ルイーザは一人で朝食に下りていった。クラウディアはベッドから出ようとしなかった。テーブルでは、サイモンがオートミールを食べていた。ルイーザの方はほとんど見ずにおはようと言い、クラウディアのようすについて尋ねた。

「風邪をひいたとおっしゃっています」

「ありえない。このあたりでは風邪なんかはやっていないからな」サイモンは冷たく言い放った。

うつむいて食べつづけているサイモンを、ルイーザはじっと見つめた。彼と朝食をとるのも、今日と明日の二日限りだ。そう思うと胸がいっぱいになって食べることができず、スプーンを置いた。

「どうした？　具合でも悪いのか？」

いらだったようにサイモンにきかれ、ルイーザはあわててスプーンを取って食べはじめた。「最高の気分です。家に帰ることを考えると、うきうきするわ」

サイモンは読んでいた新聞を置き、平然と言った。「信じがたいな。実家には帰りたくないと言っていたくせに。それに、昨日はなかなか熱っぽくキスに応《こた》えていたじゃないか」

ルイーザは頬を真っ赤にしながらも、まっすぐにサイモンを見た。「あなたが来てくれて、うれしかったんです。あのまま死ぬんだと思っていたから。だから、ちょっと……ちょっと我を忘れてしまったんです」

「そうかな。そのわりにはずいぶん情熱的なキスだと思ったが」

「あの……そうだったかもしれません。それは失礼しました。人は興奮すると、ついばかなことをしてしまうものですから」

サイモンは再び新聞に視線を落とした。「興奮しなくてもばかなことをする者もいるがね」

会話はそこでとだえた。ルイーザはなんとか彼と話を続けたいと思った。「昨日は本当にありがとうございました」

「礼を言う必要はない」

サイモンのそっけない一言で、ルイーザの望みは完全に断たれた。

嵐《あらし》は夜の間にさらにひどくなり、大量の雪を降らして去っていった。空はしだいに明るくなり、飛行機の運航も再開された。ラースはすぐにでもクラウディアを迎えに来ると言う。ルイーザも予定どおり出発することになった。まだ飛行機のチケットはもらっていないが、サイモンはすでに用意してあると言っていた。

ルイーザはクラウディアの朝食をベッドまで運び、荷造りを終えると、ジャケットを着こんで外に出た。明朝ここを出るまで、とりたててすることもない。荷物のないがらんとした部屋にいても、ただ寂しいだけだった。天気もいいし、もうすぐ、つかの間の〝昼〟が訪れる。鮮やかな青や緑やピンクに塗られた家々が街灯に照らされ、雪の白さがさらに明るさを添えていた。店にはおおぜいの客がいた。ルイーザはみんなにさよならを言ってから波止場へ行き、アーネをはじめ、顔見知りになった人たちとしばらくおしゃべりをした。

それがすむと、フィヨルドの先まで雪をかき分けて進んだ。最後にもう一度、橋が見たかった。橋はすでに完成し、開通も間近だという。遠くからでも、作業員たちが忙しく足場を片づけているのが見えた。美しい橋だった。灰色の水の上に優美な弧を描いている。ルイーザはなぜか泣きたい気持ちになり、目をそむけた。そして、来た道を引き返してホテルに入り、コーヒーを飲みながら主人と長々と話しこんだ。

午後は退屈だった。サイモンが帰ってくる気配はなく、クラウディアはやはり風邪だと言い張って、ベッドから出ようとしなかった。ルイーザは居間のストーブのそばに座り、今後のことについてなんとか考えようとした。友達はおおぜいいるけれど、いきなり訪ねていくわけにもいかない。もちろん、継母のところには帰りたくない。フランクのことはすでに頭になかった。彼は過去の存在として、すっかり忘れ去られていた。

一人で午後のお茶を飲み、そのままするこもなく居間でぼんやりしていた。夕方エルサが戻ってくると、ルイーザはクラウディアに夕食を運んでから、テーブルに二人分の食器を用意した。

　サイモンは帰らなかった。ルイーザは目の前に本を置いて食事をした。だが実際には、読むでもなく、同じページをずっと眺めていた。やがて、とても眠れないだろうと思いながらベッドに入ったものの、いつのまにかぐっすり寝入っていた。七時に目覚まし時計が鳴ったとき、あと一時間ほどで出発すると思うと、むしろうれしかった。この悲しみを、さっさと終わりにしてしまいたかった。シャワーと着替えをすませ、身のまわりのものをバッグにつめてから階下に下りた。

　サイモンはキッチンで朝食をとっていた。ルイーザは彼の向かいに座り、エルサが運んできてくれたオートミールを食べはじめた。サイモンはおはようと言ったきり、口をつぐんでしまった。そこでふとテーブルに封筒が置かれているのに気づき、ルイーザは彼の方を見た。

「君の給料だ」サイモンはぶっきらぼうに言うと、少し間をおいてから、つけ加えた。「クラウディアの面倒をよくみてくれて感謝している。ありがとう。君にはさぞかし大変な仕事だっただろう。この次面倒をみる相手は、もっと扱いやすい性格だといいな」

　ルイーザは目をまるくしてサイモンを見つめた。ちゃんと返事をしたかったが、胸がいっぱいでなにも言えなかった。さらに困ったことに、涙までこみあげてきた。彼女は椅子を引き、立ちあがった。「サイモン」小さくささやいた。自分でもなにを言おうとしているのか、さっぱりわからなかった。「サイモン……」胸が苦しくて、息もできない。「私、おなかがすいてないみたい。まだ荷造りが残っているから……」

ルイーザは部屋に戻り、ベッドに腰を下ろした。少ししてエルサが現れ、無言のままコーヒーのトレイをドレッサーに置いていった。ルイーザはコーヒーを飲み、化粧を直し、防寒着を身につけてからクラウディアの部屋へ行った。

「行くの？」クラウディアはまだうとうとしていたらしく、起こされたせいで少し不機嫌だった。「じゃあね。さよなら。たぶん、もう二度と会うことはないわね」それから、しぶしぶといったようすで言い添えた。「でも、もしベルゲンまで来ることがあったら、連絡して」そして、さっさと背を向けた。

ルイーザは荷物を持って階下に下りた。クルーザーは八時に出発することになっている。あと五分しかなかった。

エルサが上着を着て待っていた。ルイーザがさよならを言おうとすると、彼女は言った。

「見送りに行きます、ルイーザ」

二人は並んで波止場へ向かった。サイモンの姿はどこにも見えなかった。ルイーザはエルサを抱き締め、見送りに集まった人たちと一人一人握手をしてから、クルーザーに乗りこんだ。すると、そこにサイモンがいた。デッキでアーネと話している彼は、いつにもまして背が高く見えた。ルイーザの姿に気づき、うなずいてみせる。

見送りの人たちが口々に叫んで手を振る中、クルーザーはゆっくりと埠頭《ふとう》から遠ざかっていった。ルイーザは、埠頭の照明に照らされた人々の姿が豆粒のように小さくなるまで手を振りつづけてから、船室に入った。サイモンがクルーザーに乗っているとは思わなかった。意外ななりゆきに、頭が混乱していた。まだ飛行機のチケットさえもらっていないのだ。ルイーザは一人静かに座り、なんとか気持ちをしずめようとした。胸の痛みをサイモンに感づかれるようなことだけは避けたかった。やがて、彼が船室に入ってくると、部屋が急に狭く感じられた。ルイーザは落ち着いた声で、チケットをいただけますかと尋ねた。

「あとでちゃんと渡すよ」サイモンは言った。「寒くないかい？」

「ええ、大丈夫。あなたもトロムソへ行くの？」そうきいてから、ルイーザは愚問だったと気づいて頬を赤らめた。

「ああ、そうだよ」サイモンは愉快そうに答えた。「デッキには出ないほうがいい。とても寒いから」彼はまた船室を出ていった。

トロムソへの航海はあまりにも短かった。この時間が永遠に続いてほしいと願うあまり、そう感じられたに違いない。クルーザーが最後の岬をまわり、トロムソの町の明かりが見えてきた。あと五分もすれば波止場に到着するだろう。トロムソの空港がどこにあるかはまったく知らない。とにかく、すぐにタクシーに乗って空港に向かおうと思った。いつまでもぐずぐずして、ただでさえ悲しい別れを引き延ばしたくはなかった。

一陣の寒風とともに、サイモンが船室に戻ってきた。「準備はいいかい？」彼は言い、ルイーザのバッグを手に取った。

クルーザーが停泊位置に着いたとき、埠頭にとめたランドローバーが見えた。ルイーザはアーネと、クルーザーに同乗していたもう一人の若者と握手をすると、踏み固められた雪の上に降り立った。サイモンがすぐあとから降りてきた。

「あのランドローバーで行く」ルイーザが不思議そうな顔で見あげると、サイモンは言った。「僕もベルゲンへ行く……いや、君と一緒にヒースロー空港へ行くつもりだよ」彼は持っていたバッグを下ろし、ルイーザをいきなり抱き締めた。それから彼女の驚いた顔に気づき、説明した。「最初に会ったときは、なんて生意気な娘だと思った。だが、知らず知らずのうちに君が好きになっていた。もちろん、精いっぱいそれを認めまいとしたさ。とにかく君に近づかなければ、このまま無事に独身が貫けると思っていた。しかし、そうはいかなかった。君はじわじわと僕の心に入りこんで、そこに居座ってしまった。だから今度は、なんとか君に嫌われようとしたんだ。そうすれば、君をあきらめられるからな。だが、それもうまくいかなかったらしい」サイモンはルイーザを見おろした。彼の顔に笑みはなく、むしろ少し険しい表情だった。「困ったことに、もう君なしでは生きられそうにないんだ。次の橋を造る気力すらない。君はクラウディアを相手にずいぶん辛抱してくれた。だから、今度は僕を相手に辛抱してくれないか」ルイーザの鼻にひとひらの雪が落ちた。彼はそれをやさしく指で払った。「ルイーザ、どうか僕と結婚してくれ」

身にしみるような寒さだった。最初のひとひらに続き、雪は本格的に降りはじめた。けれど、ルイーザはそのどちらにも気づいていなかった。クルーザーに乗っている若者たちやランドローバーの運転手がじっとこちらを見ていることも知らなかった。これほど温かく幸せな気分になったのは、生まれて初めてだった。

「ああ、サイモン、ええ、喜んで。私もあなたに恋をしていたの。あなたと離れたくなかった」

サイモンはルイーザにキスをした。深く、長く、やさしく、温かいキスだった。ルイーザは夢心地で、なぜ彼をそっけなくて冷たい人だなんて思っていたのだろうと考えた。

キスが終わったとき、彼女は震える声で言った。「プロポーズするには、ずいぶん妙な場所ね」

サイモンはにっこりした。「そのようだな」彼は周囲を見まわし、興味津々で眺めているアーネに向かってなにやらノルウェー語で叫んだ。すると、アーネと連れの若者、さらにはランドローバーの運転手までもがいっせいに駆け寄ってきて、うれしそうにサイモンとルイーザに握手を求めた。

それがすんだところで、ようやくサイモンとルイーザはランドローバーに乗りこんだ。

ルイーザは車内でもずっとサイモンと手をつないでいた。空港で手続きをする間も、飛行機に乗りこむときも、周囲のことはまったく目に入らなかった。飛行機の座席についたとき、ルイーザは再びサイモンの手の中に手をすべりこませた。そして、コーヒーでもサンドイッチでも、与えられるものはなんでも、子供のように素直に口にした。食べてしまうと、サイモンの肩にもたれて眠った。ベルゲンでは、ほとんど待つこともなくヒースロー行きの便に乗り換えられた。機内で昼食が出たものの、胸がいっぱいで、少ししか食べられなかった。二人はほとんど言葉を交わさなかった。

飛行機が着陸態勢に入ったとき、ルイーザは初めて尋ねた。「これからどこへ行くの？」

「家に帰るんだ」サイモンが答えた。「ウィルトシャーの僕の自宅にね。そこで式を挙げて、ハネムーンはノルウェーに帰ろうか？」

「ええ、それがいいわ！」喜びのあまり、細かいことは考えられなかった。なにもかもサイモンにまかせておけばいい。ルイーザは満足そうなため息をつき、また眠りに落ちた。

ヒースロー空港では、車が用意されていた。ダイムラー・ソブリンだった。

ルイーザは助手席で尋ねた。「この車はどうしたの？　あなたの車？」

サイモンはうなずいた。「海外へ行くときには、近くのガレージに預けておいて、帰国のときに届けてもらうんだ」彼はルイーザの頬にキスをした。「家までもうすぐだよ。あと二時間だ」

車は三号線を下り、雨に濡《ぬ》れた風景の中を走った。雪と岩山ばかり見ていた目には、緑豊かな景色がまるで珍しいもののように映った。ウォーミンスターへ向かう道の途中で、車は幹線道路を下りた。そして、なだらかな丘陵地帯のつづら折りの道をしばらく進み、小さな村に着いた。中央の教会を取り巻くように家々が立ち並んでいた。しかし、なによりも目立つのは、教会前の広場を独り占めするかのように立つ壮麗なアン王朝風の屋敷だった。建物の正面には大きな四角い窓が並び、扇形の明かり採りがついた玄関のドアの前には白く塗られたポーチがあった。サイモンは開いた門を少し入ったところで車をとめた。

「ここだよ」彼は言い、ルイーザのシートベルトをはずすと、身を乗り出して助手席側のドアを開けてから、車を降りた。

二人が玄関に着くころには、中からふくよかな女性が現れ、笑顔で出迎えた。

「家政婦のミセス・ターナーだ」サイモンはミセス・ターナーにルイーザを紹介した。

「僕の花嫁、ミス・ルイーザ・エヴァンズだよ」

サイモンは二人が握手をするのを見守ってから、ルイーザを抱きあげて玄関ホールを横切り、小さな部屋に入った。壁には書棚が並び、大きな机に地図や書類が広げられている。彼はルイーザを下ろすと、抱き寄せてニット帽を脱がせた。

「橋の設計はいつもここで始めるんだ」サイモンは静かに言った。「僕らの結婚生活もここから始まる。ここが、この我が家が、僕らの天国になるんだよ、ルイーザ」

ルイーザはサイモンを見あげ、キスを待った。「天国は角を曲がったすぐそこにあるって言うけれど、本当だったのね」そのことについてもう少し丁寧に説明したほうがいいような気もするけれど、それはあとでもいいだろう。今はなによりもサイモンのキスのほうが大切なのだから。

●本書は2006年10月に小社より刊行された作品を文庫化したものです。

ノルウェーに咲いた恋
2025年5月1日発行　第1刷

著　者　ベティ・ニールズ

訳　者　片山真紀（かたやま　まき）

発行人　鈴木幸辰

発行所　株式会社ハーパーコリンズ・ジャパン
東京都千代田区大手町1-5-1
04-2951-2000（注文）
0570-008091（読者サービス係）

印刷・製本　中央精版印刷株式会社

定価はカバーに表示してあります。
造本には十分注意しておりますが、乱丁（ページ順序の間違い）・落丁（本文の一部抜け落ち）がありました場合は、お取り替えいたします。ご面倒ですが、購入された書店名を明記の上、小社読者サービス係宛ご送付ください。送料小社負担にてお取り替えいたします。ただし、古書店で購入されたものはお取り替えできません。

この書籍の本文は環境対応型の植物油インクを使用して印刷しています。

Printed in Japan © K.K. HarperCollins Japan 2025 ISBN978-4-596-72899-9